Vous souvenez-vous d'Antonella ?

U Cursinu Éditeur indépendant & insoumis, **c'est :**

Dans la collection « TERRA NERA » :

Cimale (Olivier Collard)

Dans la collection « POLAR CORSE » :

44 fillette (Jean-Pierre Cruciani)
Pour quelques radiateurs de plus (Jean-Pierre Cruciani)
A Malamorte & l'eau du ciel (Olivier Collard)
Sulleone (Olivier Collard)
Culpacciu (Olivier Collard)
Murza (Olivier Collard)
Passage à vide (Olivier Collard)
Le candidat (Olivier Collard)
Corbeaux morts, version « polar corse » (Olivier Collard)
Vous souvenez-vous d'Antonella ? (Olivier Collard)
Pour toi, c'était gratuit ! (Olivier Collard)
Coffret : La Trilogie Capcorsine (Olivier Collard)

Dans la collection « BLACK LIMOUSINE » :

L'héritage Werther (Cyril Herry)
Corbeaux morts, version « Black Limousine » (Olivier Collard)

Dans la collection « TRINNICHELLU » :

7 Maures sur ordonnance (Maïni, Corbel, Collard)
La déconfiture des barbouzes (Maïni, Collini, Ceccaldi, Raffalli, Collard)
Des pruneaux dans la pulenda (Maïni, Ceccaldi, Collard)
Boues rouges, colère noire (Maïni, Sain-Collini, Collard, Ceccaldi)

Dans la collection « NOIRES DE CORSE » :

Pour une parole de trop (Olivier Collard)
Pour une parole mal dite (Olivier Collard)
Pour une parole en l'air (Olivier Collard)
Coffret : Mots pour rire & mots qui fâchent (Olivier Collard)

Dans la collection « PALIMPSESTES » :

Le codex d'Alalia (traduction Jean Tonnerre)
La saga de Thørsteinn à la dague sanglante (traduction Jean Tonnerre)

Dans la collection « LES INATTENDUES » :

Epitaphes pérégrinations nécropolitaines (Christian Maïni)
Coup de foudre (Sylvie Laude)

www.editionsducursinu.fr

Olivier Collard

Vous souvenez-vous d'Antonella ?

– Nouvelle édition –

Editions du Cursinu

« Dès que les gens portent leur morale en bannière,
on peut être certain qu'il y a de l'inavouable
planqué sous les tapis. »

Cadres noirs,
Pierre Lemaitre.

« Si vous voulez vraiment rêver,
réveillez-vous... »

Au bonheur des ogres,
Daniel Pennac.

PRÉAMBULE

Blanchard. René Blanchard. Celui par qui le scandale arriva...

Il y a quelque temps déjà, ce pathétique fantoche eut la fâcheuse surprise d'être rattrapé par son passé. Un passé bicéphale, avec d'un côté ses anciens comparses – désirant l'empêcher de baver – de l'autre, le bouillant Divisionnaire Lagarce, qui a bien la gueule de son nom. Ce dernier s'était mis en tête d'embastiller Blanchard, ce prête-nom bien innocent, à défaut de le convaincre de déposer contre des quidams qu'il est délicat d'incriminer. L'avantage avec la justice, c'est qu'elle est terriblement prévisible, nul ne peut fuir son passé. Parfois si lorsqu'elle frappe quand on ne l'attend pas, qu'elle est incarnée par un Shérif aux méthodes expéditives, qui devance les rendez-vous. Les choses auraient pu tourner. Protéger par son« ange gardien ».

Le « serial-looser » s'en était plutôt bien sorti. Presque malgré lui. Sans jamais se départir de son incorrigible candeur. Source d'interminables tracas dans la jungle des affaires, sa naïveté lui valut – contre toute attente –

une relative clémence de la part des magistrats, peu habitués à voir un nigaud pareil fricoter avec la pègre. Bref, avec son air « c'est la faute à pas d'chance », le pantin – flanqué d'une avocate commise d'office aussi timorée qu'empotée – avait fini par engourdir même ses plus sévères détracteurs. Qui reconnurent du bout des lèvres que le malheureux s'était fourvoyé, mais à son insu, dans la pire des culpabilités. Celle des autres, évidemment...

Au nombre des « autres », figurait « le grand Arno ». Un individu affable, connu pour sa bonhomie, son train de vie et sa générosité naturelle. Cet escroc au grand cœur, toujours prêt à proposer une bonne gâche à tous les nécessiteux qui venaient frapper à sa porte, avait le chic pour s'embarquer dans des plans foireux. Et pas seulement lui, mais encore tous ceux qui lui faisaient confiance. Des paumés, des marginaux, des barjots en tout genre. Tout ce que la fracture sociale produit de sportif et de sain faisait son affaire. Pourvu évidemment que les larbins soient encore dans la force de l'âge. Et pas trop regardants sur les conditions d'emploi. Ceci dit, les inemployables – qui ont aussi besoin de gameller – se payent rarement le luxe de pinailler. Moyennant un salaire de misère, agrémenté d'un semblant de reconnaissance, ils deviennent les lampistes les plus réglos qui soient. L'archétype du sous-fifre qui endosse sans broncher. Qui ne rechigne pas à porter le béret en cas de coup dur. Et qui excelle dans le rôle de bouc émissaire. Bouc émissaire, un rôle de composition pour ce pauvre René Blanchard... Que dire de plus alors ? Arno Nicoli, le cynisme fait homme ? Que ça ne soit jamais le cas ! Et d'abord, on parle pas comme ça d'un mort. Encore moins quand il est regretté. C'est pas des manières ! Quoi qu'on en dise, il en avait sorti plus d'un de la mouise, le grand Arno. Sous ses airs de mafioso, c'était un sentimental. D'accord, c'était surtout un beau parleur. Ayant la fâcheuse manie d'embobiner tous les naïfs qui restaient un peu trop pendus à ses lèvres. Mais qui oserait le lui reprocher ? Certainement pas ses anciens larbins. D'une manière ou d'une autre, ils auraient tous fini par mal tourner, alors... Même s'ils croupissent – embastillés pour un bon moment – les margoulins se souviennent de l'époque où ils croquaient. Et ils en bavent encore. Les plus lucides sont sans doute conscients que si leur route n'avait pas croisé celle du grand Arno, jamais ils n'auraient eu l'occasion de jouer dans la cour des grands. Et de mener la grande vie, comme tous ces gens qui sont bien nés et qui n'ont pas besoin de tricher pour y arriver. Leur mentor leur entrouvrait une fabuleuse perspective: celle d'échapper à la médiocrité promise. De travailler avec de grosses sommes, juste pour la frime. Certes, ils n'en gardaient qu'une infime partie pour eux. Mais ce diable de Arno avait su donner une dimension inespérée à leur misérable existence de cloportes. C'est vous dire s'il était apprécié. Remarquez, ça ne l'a pas empêché de se faire dessouder.

Mais par qui, et pourquoi ? Les mauvaises langues vous diront que ce fieffé menteur avait fini par faire les frais d'une vengeance personnelle. Pour ne rien vous cacher, les soupçons se sont d'abord portés sur un certain René Blanchard, son pantin de l'époque. L'innocent n'ayant rien trouvé de mieux que de coller ses grosses mimines pleines de doigts sur l'arme du crime. Un Beretta 92 F que le principal suspect – on le savait de source sûre – avait dérobé à sa victime quelque temps auparavant. Bref, le Divisionnaire Lagarce croyait tenir le suspect idéal. En la personne de René Blanchard. Aujourd'hui pourtant, avec le recul, on sait que ce sous-fifre sans envergure, n'y était absolument pour rien. Le mode opératoire, terriblement violent, et audacieux, accréditant la thèse du grand banditisme. L'enquête avait permis d'établir que le tueur attendait sa victime à son domicile. Où il s'était introduit le plus tranquillement du monde, sans laisser la moindre trace d'effraction. Et surtout, au nez et à la barbe de sa légitime, trop affairée en cuisine pour remarquer quoi que ce soit d'anormal. À propos, vous souvenez-vous d'Antonella ? La sulfureuse toscane, Blanchard la connaissait bien. Comme flambeuse de première, on faisait pas mieux. On la disait aussi femme de tête. Ce n'était pas faux. Mais du vivant de son mari, au moins cette redoutable prédatrice avait la correction de s'effacer en société. Les mauvaises langues diront qu'elle attendait son heure. Sagement. Tapie dans l'ombre. Mais à présent que la « veuve noire » était sortie de son cocon, plus rien ne semblait la retenir. Ne venait-elle pas d'embarquer son lampiste préféré dans un abominable jeu de dupe ? Dans une embrouille douteuse et léonine à la fois ?

Irrésistiblement douteuse, et redoutablement léonine. Tout le portrait de la belle Antonella Nicoli. Qui venait juste de se volatiliser. Laissant au laquais de service le soin de payer les violons du bal...

1

Cahin-caha, le vieux muletier s'éloignait du village. Tandis que le soleil d'avril déclinait, le vieil homme et son vénérable canasson franchissaient un à un tous les lacets de ce sentier millénaire. Encore un peu de temps, et le disque orangé succomberait derrière les hautes cimes, laissant deux silhouettes d'un autre âge se fondre dans un paysage bigarré. Jusqu'à se perdre dans cette infinie solitude : celle de l'intérieur. Où se trouvaient-ils, à présent ? Avaient-ils dépassé la *sappara,* cette grosse pierre creuse qui leur servait parfois de refuge, lorsqu'ils se faisaient surprendre par l'orage ? Avaient-ils encore le temps de remonter jusqu'à la caverne, au lieu nommé *a Grotta Suprana* ? Qu'à cela ne tienne : *Battì* et son « *Banditu* » de canasson, rusé comme pas deux, sauraient bien gagner quelque improbable *pagliaghju* afin de s'y poser avant la tombée de la nuit. Et là, dans cet abri de fortune, un quignon de pain dur, un oignon et une gorgée d'eau fraîche suffiraient à les rasséréner. *Battì* est du genre frustre. Ce rustique au teint bistre s'est fait à l'image du monde qui l'a forgé. Il ne fait qu'un avec cet univers sauvage, secret, quasiment intemporel (préservé des affres de la modernité). Parmi ces paysages majestueux, agrémentés ci et là de vieilles cimes rocheuses, de maquis ras ou encore de forêts impénétrables, le vieux *Battì* est sans conteste dans son élément. Car cette contrée reculée, il l'affectionne plus que tout. Sans doute à cause du calme qui y règne. Un calme à vous couper le souffle ! C'est vrai, il y a bien *Corti*. *Corti* et son université. *Corti* et son statut de capitale historique. *Corti* et sa situation unique : la seule ville de l'intérieur !

L'intérieur, parlons-en... Pour les discoureurs à bon compte, nostalgiques d'un agropastoralisme qu'ils n'ont pas connu, c'est devenu l'endroit mythique. Celui qui cristallise tous les fantasmes. L'illusion d'une vie paisible dans un monde sauvegardé. Où rien, absolument rien, ne peut changer. Un refuge contre les agressions du monde moderne, qu'une foule de citadins stressés aspirent à retrouver. Au moins l'espace d'un week-end, d'un été, finalement pour l'éternité. Comme si cette tendre image au charme suranné – couleur sépia – éveillait en eux le besoin d'un nécessaire retour aux sources. Dans un ailleurs bienfaisant, où l'archaïsme incarnerait l'avenir. Il en est même qui voient dans ce désert vert un genre de nouvelle frontière. Mais alors une « frontière » où il ne vaut mieux pas chercher du boulot ! Car l'intérieur, il y a ceux qui en parlent, et ceux qui le vivent. Ceux qui font carrière à Paris, Marseille, Nice ou Ajaccio, et ceux qui savent se contenter de peu. Mais que voulez-vous, quand on vit loin de ses racines, et qu'on a oublié l'âpreté de la vie paysanne, les mythes ont la peau dure. Pour symboliser cet intérieur qui incarne l'avenir, le Brésil a Brasilia, et la Corse possède *Corti*. Deux villes centrales qu'une curieuse providence sémantique a fini par confondre avec l'entité géographique qu'elles représentent. À ceci près qu'au pays des *gauchos*, ces gardiens de troupeaux à la solde des latifundistes, on raisonne à l'échelle des Etats, qui sont parfois tellement immense que l'on doit les scinder, comme ce fut le cas pour le Mato grosso. Là-bas, on ne raisonne pas en termes de microrégions. Cela dit, toute proportion gardée, ces deux situations présentent d'indéniables similitudes. La Corse peut s'enorgueillir du passé paoliste de la seule ville de l'intérieur, et le Brésil, du coup de patte d'Oscar Niemeyer. Et puis, il y a ces noms qui ne mentent pas. Ces noms qui sonnent. Se confondant avec celui du territoire tout entier. La Corse possède *Corti*, et « *ô Brasil* », Brasilia. Comme si l'identité culturelle de tout un Pays puisait à la source de son intérieur. Une source réputée intarissable. Vivifiante, surtout. Car authentique. Donc tellement rassurante pour l'homme moderne. Cette espèce désacclimatée, en perpétuelle quête d'identité, d'harmonie retrouvée avec la nature.

Peut-il survivre au sein de ces contrées indomptées, résolument hostiles ? Un pays rude, dont seuls les habitués et quelques puristes s'accommodent véritablement. À longueur d'année, je veux dire. Et pas seulement durant la saison des tongs. La seule qui, ici plus qu'ailleurs, vaille vraiment la peine d'être vécue. À moins d'avoir une trempe hors du commun, d'être viscéralement attaché à ses racines, vivre à l'année dans ces villages reculés n'est pas à la portée du premier venu. Pour survivre parmi la solitude de ce désert vert, il faut, à l'instar des *caboclos* du *Sertão*, avoir l'étoffe d'un pur et dur. Investir dans le 4 X 4 et prendre des cours de Corse tous les samedis matin n'étant pas un gage d'adaptation. À propos de ces purs et durs, *Battì* est du nombre. À l'instar des irréductibles aventuriers – égarés (quoique selon leur gré) – toujours plus avant parmi la profondeur de l'immensité, *Battì* vénère cette terre. *Sa* terre. Ce milieu hostile, et pourtant si fragile. Ce territoire résolument indompté. Digne de respect. Chargé de traditions séculaires.

Ce jour là, le vieux muletier n'était pas comme à l'accoutumée. Ni à son avantage : la lassitude se lisait sur son visage. À son regard morne et vague, on le devinait anormalement absent. Tracassé, sans doute. Ce n'était pas du tout son genre… Tout en fixant du regard la lame de son couteau, *Battì* méditait sur cette maxime séculaire : « *Chì a mo ferita sia murtale* ». Ce qui, traduit, signifie : « Que ma blessure soit mortelle ». Une sentence qui résonnait en lui comme une vérité première. Il est comme ça, le vieux *Battì* ! Plein de certitudes. Des certitudes forgées dans le creuset des adages ancestraux. Brefs mais puissants. « Ne jamais pardonner à celui qu'on a tué » était sans conteste son aphorisme favori. Et pourtant, en ce jour fatidique, un indicible malaise le taraudait. Qu'en était-il lorsque celui qu'on vient de tuer était une femme ? Pour la première fois de sa frustre existence, *Battì* portait le masque du remord. Il fredonnait, mais à regret. Comme pour se donner une contenance. Pour exorciser ces paroles qui avaient bercé son enfance. Celles d'un bon vieux titre de Tony Toga, qui résonnait en lui comme un anathème. Un terrible désaveu. Une ignoble condamnation. Assurément, « l'honneur avait une autre force dans le sang, dans le cœur, des anciens corses ».

Rongé par le cancer infernal du regret, ébranlé dans ses plus fermes convictions, le vieux muletier se mit alors à douter. À douter de tout. Enfin presque : il savait très bien comment se débarrasser du corps. Un jour, alors qu'il était monté donner leur pitance aux cochons, le jeune Baptiste, portant sur son dos un sac aussi gros que lui, avait trébuché sur une racine. À peine s'était-il affalé dans la fange boueuse que les cochons s'étaient jetés sur lui. Le minot n'avait dû son salut qu'à l'intervention rapide et déterminée du *Babbu*. Mais de profondes meurtrissures à la cuisse, dont il gardait encore les stigmates plus d'un demi-siècle après, lui avaient fait prendre conscience de l'appétit vorace des suidés. Qui n'avaient pas pour habitude de laisser des restes. En définitive, si les pensées troublantes qui le pressaient de toutes part lui semblèrent de prime abord terriblement déconcertantes, l'aspect pratique des choses le rassura.

2

– Enfin Commissaire ! Je ne vous ai jamais dit qu'elle avait définitivement disparu. J'ai juste fait remarquer que depuis deux semaines, personne ne l'avait plus revue. C'est pas la même chose.

Le petit commissaire écarquille un œil scintillant de malice.

– Alors d'après vous, Antonella serait toujours en vie ?

– Et pourquoi ça ne serait pas le cas ? On n'a pas retrouvé son corps, que je sache.

– Certes... (Un ange passe). Remarquez, ça ferait bien vos affaires, pas vrai ?

– Quoi ?

– *Tè*, qu'elle se soit fait la belle, pardi !

– Si j'ai la ferme conviction qu'Antonella a organisé sa propre disparition, c'est parce que je la sais capable de tout. Et pas parce que ça m'arrange, contrairement à ce que vous semblez insinuer.

Le divisionnaire, dubitatif, vrille alors sur ce pauvre Blanchard un regard passablement ténébreux.

– Inutile de vous fatiguer, Blanchard. Je commence à comprendre votre petit jeu.

– Mais enfin, Commissaire...

(René Blanchard écarquille de grands yeux empreints de stupéfaction) Qu'est-ce qui ne va pas ?

– Votre ligne de défense.

– Qu'est-ce qu'elle a, ma « ligne de défense » ?

– C'est marrant mais à vous entendre, j'ai l'impression que vous recherchez le sensationnel.

– Qu'est-ce que vous voulez dire par là ?

– Vu comme vous êtes parti, vous n'allez pas tarder à me pondre un truc du genre : « elle part avec la caisse, puis organise sa propre disparition ».

– Ben... C'est un peu ça, oui.

– Waouh ! Super fortiche, la donzelle ! Et résolument introuvable, avec ça.

– Elle est redoutable, en effet. D'ailleurs, si je peux me permettre, vous ne devriez pas la sous-estimer. Monsieur le Commissaire...

– Pour un peu, vous me dépeindriez la disparue sous les traits d'un être machiavélique.

– Absolument ! Plus machiavélique qu'elle, on fait pas.

– Ben voyons ! En plus, vous ne reculez devant rien : vous en parlez comme si elle était toujours de ce monde.

– Parce qu'elle l'est aussi. Jusqu'à preuve du contraire.

– Vous croyez ça, vous ?

– Elle cherche à se faire oublier, c'est tout.

– Prouvez-le.

– Si vous ne me croyez pas, acceptez au moins de considérer l'hypothèse qu'elle soit encore en vie.

– Je le ferai sans coup férir. Dès que vous m'en aurez démontré la pertinence.

– ...

– Alors ? Ça vous laisse sans voix, on dirait.

– Je finirai bien par retrouver sa trace.

– Pas sûr : votre temps est compté.

– Laissez m'en un peu.

– En somme, vous cherchez juste à gagner du temps ?

– Non. Juste à vérifier une hypothèse que vous semblez éluder.

– N'empêche que sans cette « hypothèse » (il insiste sur ce mot en se raclant la gorge), vous êtes plutôt mal barré. Pas vrai ?

– Qu'est-ce que vous comptez faire ? Vous n'allez quand même pas m'interpeller, Commissaire ?

– On verra ça en temps voulu. Mais pour l'heure, il y a justement un détail qui a le don de... *m'interpeller*.

– Lequel ?

– Sa lettre d'adieu... (Silence pesant. Lagarce s'apprête à faire une concession). Quelque chose ne colle pas.

– Quoi donc ?

– Son âge.

– Pardon ?

– Quel âge elle pouvait avoir, la belle italienne ?

– Disons la quarantaine... Enfin je pense.

– Elle les portait comme un charme, mais vous pensez bien Blanchard. Quarante printemps et des brouettes.

– Oui. Et alors ?

– Et alors, c'est pas un peu jeune pour rédiger ses dernières volontés ? Surtout que je me suis laissé dire que la belle était loin de faire son âge (sourire entendu).

– Donc vous me croyez !

– Ce que je crois, c'est qu'une raison impérieuse l'a poussée à écrire cette curieuse missive en forme de testament. Qu'est-ce que ça cache, au juste ? Était-elle atteinte d'un mal incurable ? Se sentait-elle menacée ?

– Possible.

– Quoi « possible » ?

– Peut-être bien qu'elle se sentait menacée.

– Mais par qui, alors ?

– Pffft...

– A votre avis, qui pouvait donc lui en vouloir ? Lui en vouloir à ce point, je veux dire.

– Oh, des tas de gens. Mais surtout ne me demandez pas de noms. Il y en aurait tellement !

– Ah bon ? Et pourquoi avait-elle tant d'ennemis ?

– Tout simplement parce qu'elle avait réactivé une partie du réseau servant au blanchiment d'argent.

– Quel réseau ?

– Celui mis en place par son ex-mari. Enfin, ce qu'il en restait.

– De son ex-mari ? (Le divisionnaire laisse échapper un rire gras en signe de fort contentement).

– Très drôle...

– Vous n'avez pas le sens de l'humour, jeune homme. Mais ne nous égarons pas. Vous étiez bien partis alors continuez, je vous prie. Décrivez-moi ce fameux réseau.

– C'était une affaire juteuse, où trempaient toutes sortes de personnalités. Des moins recommandables au plus respectables.

– À ce point-là ?

– Antonella côtoyait du beau linge. Du coup, elle savait pas mal de choses...

– Que savait-elle, au juste ?

– Oh, sûrement des choses compromettantes...

– C'est-à-dire ?

– La belle toscane n'ignorait pas comment certains s'étaient enrichis à l'époque où les contrôles fiscaux leur tombaient toutes les morts d'évêques. C'était à l'ère bénie d'avant le Préfet Bonnet.

– Si j'ai bien compris, vous êtes en train de me dire qu'ici plus qu'ailleurs, la fraude fiscale est un sport national.

– Ben... C'est un peu ça, oui.

– Waouh ! Mais vous parlez d'un scoop ! (Pause rhétorique) Franchement Blanchard, vous n'avez vraiment rien de plus intéressant à me révéler ?

– Que voulez-vous savoir ?

– Je veux connaître la liste des personnalités avec lesquelles Antonella fricotait. Et sur qui elle disposait de renseignements compromettants.

– Je ne vous donnerai pas de nom en particulier. Mais d'une façon générale, je crois pouvoir vous confier que ça concernait surtout des personnalités.

– Quel genre de personnalités ?

– Du genre sacrément susceptible.

– Des politiques ?

– Entre autres. Antonella fréquentait le gratin, vous savez. Elle connaissait leurs relations ambiguës avec la pègre. En bonne joueuse de poker, elle était même capable d'évaluer les pots de vins versés à certains institutionnels en échange de marchés publics. Des sommes faramineuses.

– Donc elle en savait trop.

– Non contente d'en savoir trop, l'inconsciente affichait un train de vie outrancier à souhait. Le genre d'attitude qui attire facilement la jalousie. Surtout ici.

– Je vois. Et qui étaient ces envieux ?

– Disons que... Ça pouvait être n'importe qui.

– Mais encore ?

– Vous savez Commissaire, ici, il y a une règle d'or. Facile à retenir puisqu'elle tient en deux mots :

micca nomi !

– Bravo ! (Rictus crispé) Je vois que vous avez pris l'air du pays. (Le commissaire se ravise, et reprend d'un ton faussement enjoué). Parlez-moi plutôt de votre business.

– Que voulez-vous savoir ?

– J'ai ouï-dire que c'était une affaire juteuse. Sans forfanterie, il y avait tant d'argent que ça à gagner ?

– On en brassait. Ça, je ne peux pas dire le contraire. Mais c'était chèrement gagné. Et notez bien, le risque était proportionnel à la rentabilité de l'affaire.

– « L'affaire ». Mais vous êtes un comique, Blanchard ! Rien que le mot prête à sourire... Et elle consistait en quoi, cette fameuse « affaire » ? Concrètement, je veux dire.

– Oh, c'était un montage financier tout ce qu'il y a de plus basique. Un jeu d'écritures, basé sur la facturation de prestations fictives.

– Sur quoi portaient les transactions ?

– En échange de numéraire, on offrait des effets de commerce tout ce qu'il y a de plus *clean*. Au final, nos généreux mécènes gagnaient sur les deux tableaux : ils recyclaient leur *cash*, tout en déduisant de leurs impôts des factures en bonne et due forme.

– La mécanique était bien huilée, je vois.

– On peut dire ça, oui.

– Et... Vous n'aviez pas trop de problèmes pour

vous faire payer ?

– Ça ne risquait pas : Antonella avait tout verrouillé.

– Comment cela ?

– On ne finalisait notre prestation qu'après règlement intégral de l'opération. Alors les clients payaient rubis sur l'ongle. Ils n'avaient pas le choix. C'était une affaire bien pensée, vous savez.

– Une affaire bien pensée, mais qui, ainsi que vous le reconnaissez vous-même, faisait un paquet d'envieux.

– Ça n'est pas exactement ce que j'ai dit. Ce qui nous attirait la jalousie de certains, c'était plutôt le train de vie luxueux qu'affichait la belle toscane.

– Elle plastronnait ?

– Hélas. Mais sinon, l'affaire en elle-même ne suscitait pas trop de convoitise.

– Vraiment ?

– À ceux qui tordaient le nez en insinuant qu'on se gavait, on rétorquait : « C'est un business qui paie bien, mais il est aussi excessivement exigeant. Il faut être à la fois expert en fiscalité, disposer d'une bonne base en infographie et, bien entendu, avoir ses entrées tant dans le milieu que dans le monde de l'entreprise. Alors allez-y, si ça vous tente tant que ça ! Lancez-vous ! Après tout, il y a de la place pour tout le monde. Mais attention : à ce niveau-là, la moindre erreur se paie *cash* !

– Bravo ! (Lagarce applaudit crânement). Encore

un argumentaire imparable. Personnellement, j'ai beaucoup apprécié l'accent oratoire placé sur le « mais attention ! » Quelle assurance dans le ton ! Et quel regard captivant ! On s'y serait cru. Et vous savez quoi, Blanchard ? Votre petit numéro a fini de me convaincre. Non, non, ne dîtes rien : vous êtes décidément très doué pour embobiner les gens.

– ...

– Si, si bravo Blanchard ! Vous êtes très fort. Enfin... (Lagarce poursuit sa diatribe sur un ton éminemment sarcastique). Mais si vous étiez si fort que ça, votre petit manège continuerait à tourner. Tandis que là, excusez-moi du peu, mais... C'est plutôt en train de finir en eau de boudin, non ? (Sourire narquois).

– L'affaire aurait pu durer quelques années encore, figurez-vous. Le temps d'assurer les arrières. Et de se faire une place au soleil. (Soupir d'abattement.) Il y avait juste un petit hic.

– Ah bon ? Lequel ?

– Les fonds de roulement. C'était notre talon d'Achille.

– Je ne comprends pas. Vous venez de me dire que ça brassait un max, et que les clients payaient d'avance. Alors il venait d'où, ce trou dans la caisse ?

– Pour brasser, ça brassait. Mais on rentrait surtout du numéraire. C'était très volatil.

– C'est à dire ?

– Le flouze arrivait irrésistiblement dans les

poches de notre flambeuse de service. Mais par le système des vases communicants, il avait une fâcheuse propension à renflouer les caisses du *Negresco*.

– Elle flambait tout au Casino de Nice ?

– Au pire à celui d'Ajaccio... Le jeu, c'était son trip. Un mauvais trip, d'ailleurs...

– Vous semblez le déplorer. Ce n'était pourtant pas votre argent.

– Bien sûr que non. N'empêche, à cause de ces manies dispendieuses, le compte de la holding, pourtant bien alimenté, était souvent dans le rouge. Alors quand il fallait rembourser les clients, les banques ne suivaient pas toujours.

– Et alors ? Vous faisiez comment ?

– On cherchait des garanties.

– Vraiment ? (Regard incrédule du petit commissaire).

– Enfin... On s'en inventait.

– Je préfère cette formulation. En somme, vous faisiez des faux ?

– Vous savez Commissaire, c'est incroyable tout ce qu'on peut réaliser avec la technologie moderne. Et comme dans notre société la paperasse constitue la clé de tout, un bon scanner et un peu d'ingéniosité suffisent à débloquer bien des situations auprès des bureaucrates.

– Je vois... Et toute cette cavalerie, c'était suffisant pour alimenter le compte ?

– Pas vraiment. Antonella en voulait toujours plus. Cela nous a conduit à mettre en place d'autres stratégies.

– Lesquelles ?

– Déjà, on n'était jamais pressé de reverser l'argent.

– Intéressant. Poursuivez, je vous prie...

– Antonella prétextait toute sorte de problème. Le plus souvent que j'étais incompétent et que j'avais « oublié » d'accepter les lettres de change. Que c'était inadmissible et qu'elle m'avait déjà mis en garde, que c'était la dernière fois, et que j'avais intérêt à ne plus réitérer ce genre de manquement si je tenais à mon poste. À en croire les jérémiades qu'elle servait aux clients, j'étais vraiment trop benêt. *Abambanatu è capiscò*, qu'elle leur disait en parlant de moi.

– Je partage son avis : c'est vraiment l'impression que vous donnez. Ou plutôt, que vous aimez donner. Vous n'en êtes peut-être que plus dangereux... Et ensuite, comment faisait-elle pour ferrailler l'affaire ?

– Juste après, elle faisait pleurer Margot.

– C'est à dire ?

– Elle ajoutait qu'avant de travailler pour elle je vivais dans une caravane, que je revenais de loin, qu'elle m'avait offert une chance, qu'elle s'efforçait de me garder car n'importe où ailleurs je serais inemployable, oui, qu'elle s'efforçait de me garder pour pas que je finisse clodo. Enfin… Si toutefois le client était d'accord pour passer cette fois-ci. Car le client est roi, n'est-ce pas ? Alors, elle leur disait comme ça : « En fait, c'est à vous de choisir. Incompétent comme il est, il mériterait d'être viré. Mais vous savez, je l'ai bien briefé, c'est la première et la dernière fois, ça ne se reproduira pas, et tout compte fait c'est juste une question de temps, le mois prochain vous verrez, au moment de remplir l'ordre de virement, il aura retenu la leçon et votre compte crédité à la date convenue. Maintenant, si vous préférez, je le renvoie d'où il vient, ce minable... »

– Je vois le genre... Je le trouve quand même un peu pathos, votre petit numéro…

– ... (Eh ben merci !)

– Et ça marchait quand même, ces *bonimenteries* à deux balles ?

– Si ça marchait ? Pratiquement à tous les coups !

– Vous excelliez dans ce rôle de composition, je vois.

– Lequel ?

– Celui de l'empoté qui mériterait des baffes, mais qu'on regarde avec indulgence. Remarquez, c'est sûr qu'à vous voir comme ça. Avec votre air ahuri et votre regard implorant...

– C'est vraiment comme ça que vous me voyez ? Ahuri ?

– Allez savoir... Ce n'est peut-être qu'une façade...

– Alors qu'est-ce que vous attendez pour vous me coffrer ?

– Eh l'ami, un peu de patience. Je ne vous ai pas encore parlé de ça...

– ...

– Mais revenons à votre « stratégie ». J'apprécie votre franc-parler, mais sans vouloir vous froisser, je trouve qu'il y a quelque chose qui cloche.

– Quoi donc ?

– Votre plan consistait en quelque sorte à reculer pour mieux sauter. À un moment ou à un autre, tout cet argent, il aurait bien fallu le sortir !

– Bien sûr. Mais tant qu'on avait des nouveaux clients pour rentrer des liquidités, ça allait tout seul. On avait de quoi rembourser les créances plus anciennes, et l'affaire roulait sur elle-même.

– Vous en trouviez tant que ça, des pigeons ?

– Vous seriez surpris de voir le nombre de gens qui sont ouverts à toute proposition dans l'espoir de rogner sur leurs impôts. Il suffit de trouver les bons arguments et de faire montre d'une discrétion à toute épreuve. Et surtout, de pas être trop radin sur les fausses factures.

– C'était votre domaine de prédilection, je crois ?

– Antonella me demandait de jouer un rôle. Quant à moi, je n'étais qu'un simple exécutant.

– Ben voyons...

– Elle avait plus d'un tour dans son sac, vous savez...

– Allez Blanchard, ne me faites pas languir. Dîtes-moi ce que contenait le sac de la bimbo.

– Aux gros bonnets qui voulaient échapper au fisc, Antonella proposait la création de comptes off-shore. Sous couvert de la sacro-sainte confidentialité Helvétique. Puis on brouillait les pistes avec des transferts en cascade.

– Des transferts en cascade ? Comment ça ?

– Antonella avait monté plusieurs sociétés écran.

– Où ça ?

– Au Liechtenstein, au Luxembourg, aux Caïmans. Et même aux Iles Vierges, plus récemment. D'ailleurs, mon nom figure encore dans les statuts de certaines d'entre elles (soupir de désolation). Voilà, je vous ai tout dit... Vous pouvez mettre ma tête sur le billot.

– Mais je ne suis pas obligé d'en tenir compte, vous savez. Je peux aussi choisir de retenir ce qui *nous* arrange, pourvu évidemment que de votre côté, vous sachiez vous montrer reconnaissant.

– Qu'est-ce qu'il vous faut de plus ?

– Allons l'ami... Vous ne m'avez pas encore tout dit. Si vous voulez que j'oublie certains détails, ayez au moins la délicatesse vous montrer suffisamment loquace à mon goût. Sans compter que ça doit faire un bail que vous n'êtes pas passé à confesse. Alors si vous voulez recevoir l'absolution, continuez je vous prie...

– On travaillait aussi avec une clientèle de base.

– Quel style ?

– Des gagne-petit, qui cherchaient juste à gratter sur leurs charges sociales ou leurs impôts, sans toutefois consentir à la moindre prise de risque. Avec eux, c'était du gâteau. Même pas besoin d'activer le réseau relationnel. Parce que vous comprenez, être redevable finit par coûter.

– Ah, dans la vie rien n'est gratuit. Alors vous faisiez comment pour éviter de passer par des prestataires ?

– Avec un scanner et un peu d'imagination, c'est dingue tout ce qu'on peut faire gober aux gratte-papier. À croire que dans les administrations, ils portent tous de grosses lunettes de myope. Mais si vous voulez mon avis, c'est surtout dans leur tête qu'ils portent des œillères. Les bureaucrates, du moment que c'est écrit...

– Je vois que vous parlez avec un grand respect des services de l'Etat... Et ça payait bien, de faire des faux ?

– ... (Silence embarrassé).

– En somme, vous meniez la grande vie...

– Moi ? Pas vraiment.

– Alors qu'est-ce qui vous a amené à plonger ?

– Antonella. Elle m'offrait un revenu assuré. Vu mes antécédents, c'était plutôt inespéré.

– Si je comprends bien, c'était surtout elle qui tirait les marrons du feu ?

– Antonella prenait une commission considérable sur l'argent blanchi. C'était soi-disant pour provisionner le compte de la holding. Elle voyait grand, elle avait toujours des projets d'investissement. Hélas, son engouement pour le jeu ne permettait pas toujours à tout cet argent d'être utilisé à bon escient.

– Donc, à un moment ou à un autre, la pompe à fric a fini par gripper. C'était inéluctable.

– Je n'en suis pas si sûr. S'il n'y avait pas eu l'autre imbécile, le système continuerait à fonctionner.

– Sauf que Frassatti voulait son pognon tout de suite.

– Ah, vous connaissez l'énergumène. Je vois que vous savez déjà tout, Commissaire.

– C'est un peu mon boulot, vous savez (large sourire, empreint de satisfaction).

– Parlez-moi de Frassatti.

– Je n'ai pas tellement l'habitude de parler des morts.

– On le disait irascible.

– Et borné avec ça ! Quand elle lui a annoncé que j'avais fait une cagade, qu'il ne toucherait son pognon que dans un mois ou deux, ce fou furieux s'est mis dans une ire indescriptible. Il a viré tout rouge, à s'en faire péter les coronaires. Et nous, on s'est retrouvés comme deux ronds de cuir. (Soupir...)

En fait, on n'était pas organisé pour traiter avec ce genre d'énergumène.

– Avec Frassatti, je me suis laissé dire que l'atmosphère est vite devenue délétère. C'est vrai ce qu'on m'a raconté ?

– « Délétère » est un euphémisme, Commissaire. Avec cette tête brûlée, on a été au *clash* d'entrée de jeu.

– Enfin... Surtout lui. C'est quand même lui qui a touché le fond. Celui d'un ravin. (Sourire intensément malicieux). À propos, vous vous en êtes plutôt bien sorti, dans l'histoire ?

– Comment ça ?

– Si Frassatti avait eu le temps de s'occuper de votre cas, j'ai comme l'impression qu'étourdi comme vous êtes, si on vous avait laissé entre ses pognes, vous auriez passé un sale quart d'heure.

– Pour une fois, j'ai eu de la chance...

– Vous l'avez eu bordé de nouilles, oui ! Connaissant l'énergumène, ça m'étonne qu'il n'ait pas cherché à vous fracasser sur le champ.

– Quand j'ai vu à quel bourrin j'avais à faire, j'ai tout fait pour m'attirer sa sympathie.

– Ah bon ? Et comment ?

– En mettant un point d'honneur à me la jouer plus crétin que lui. Ce qui, je vous l'accorde, n'est pas donné à tout le monde (sourire entendu).

– On aime plaisanter, je vois. Dîtes, vous ne devez pas vous ennuyer, car le moins que l'on puisse dire c'est que vous savez rire de vous.

– Pourquoi, ce n'est pas votre cas Commissaire ?

– Désolé Blanchard. Chacun son truc. Jouer au con n'a jamais été ma marotte.

– Ah... C'est comme ça que vous me voyez ?

– Affirmatif . Et à défaut de vous rendre sympathique, ça confirme tout le bien que je pensais de vous.

– Pensez ce que vous voulez. Quoi qu'il en soit, avec Frassatti, ma stratégie a fonctionné. Je me le suis mis dans la poche. D'ailleurs, ce n'était pas vraiment après moi qu'il en avait.

– Cela dit, si j'en crois certaines sources, forcer sur vos cordes naturelles vous a parfois attiré des ennuis.

– À quoi faites-vous allusion ?

– Oh, rien de spécial...

– Vraiment ?

– Laissez tomber, c'est sans intérêt.

– Au contraire, Commissaire. Les petites cachotteries ont le don d'éveiller ma curiosité.

– Puisque vous y tenez... (Rictus jouissif). Désolé de retourner le couteau dans la plaie, mais je me suis laissé dire que votre tactique favorite n'était pas infaillible.

– Pourtant, elle a fait ses preuves.

– Pas avec le fisc, en tous cas... (Tout en adressant à son interlocuteur un sourire narquois, le Divisionnaire insiste lourdement sur le mot « fisc » comme s'agissant de la clé de voûte de son argumentation. Le pauvre type en face de lui en est tellement décontenancé qu'il vire au blême).

– Eux, ils sont bornés. Ils veulent rien comprendre.

– Ah bon ? Qu'est-ce qu'il y aurait à comprendre ?

– Ce n'est pas parce que mon nom figure sur certains documents légaux que ça fait de moi l'unique responsable de cette gigantesque arnaque.

– Au moins, êtes lucide. Avez-vous conscience que votre nom figure sur *certains* documents compromettants ?

– Oui.

– Seulement sur certains (Regard insistant) ?

– Euh... Sur presque tous, en fait.

– Donc, vous aviez les pleins pouvoirs !

– Ben... Officiellement.

– Que voulez-vous dire par là ?

– Toute cette mise en scène, c'était du pipeau. En réalité, je ne décidais de rien. Et si mon nom figurait dans les statuts ou d'autres papiers, c'était juste pour « porter le béret » en cas de coup dur.

– Porter le béret... Mais c'est bien pour ça qu'elle vous payait grassement, non ?

– C'est-à-dire qu'à l'époque, j'étais privé d'emploi...

– Ce qui n'était pas pour vous déplaire...

– Privé de ressources, aussi.

– Résultat logique d'une immersion prolongée dans l'inaction ! (Sourire à claque).

– Facile à dire ! Vu mes références, personne ne voulait de moi. Plus je m'escrimais à trouver un boulot, je veux parler d'un travail honnête, moins j'en trouvais.

– En somme Blanchard, vous étiez égal à vous même : sympathiquement désoeuvré.

– J'étais surtout dans la mouise jusqu'au cou. Et j'avais trop besoin de *gameller*. Alors quand la belle italienne m'a proposé ce *job*, j'ai foncé tête baissée. C'était ça, ou finir congelé au fond de mon clapier. Alors j'ai plongé.

– Sans réfléchir ?

– À l'époque, une seule chose comptait : voir enfin le bout du tunnel. Je crois que j'ai surtout péché par naïveté. Mais ça, vous aussi vous vous en fichez, j'imagine ?

– Au contraire, cher ami. Bien au contraire ! Je dirais même que ça m'intéresse au plus haut point. Votre vie privée m'intéresse, et après vous savez comme c'est, plus on en sait, plus on se laisse attendrir. Honnêtement, je pense que mieux vous connaître ne pourrait que me rendrait plus indulgent. Allons, continuez je vous prie.

– Dans ma situation, j'allais quand même pas faire la fine bouche, non ?

– ... (Le commissaire pose sur ce pauvre Blanchard un regard anormalement empathique).

– Franchement, Commissaire, vous avez déjà essayé de vivre avec le *rémi* ?

– Même pas pour rire.

– Et en se sentant inutile, par-dessus le marché ? Mais vous, vous n'avez jamais connu la galère. Evidemment, tout ça vous passe au-dessus de la tête.

– Détrompez-vous, cher ami. Si vous saviez le nombre de fois où je trouve mon boulot parfaitement inutile. Dans le fond, le manque de sens, c'est ça qui nous tue.

– Vous insinuez que vous êtes capable de vous mettre à ma place. Comment donc oseriez-vous me reprocher cet acte insensé ? Insensé car désespéré.

– Je vois... C'est encore « la faute à pas d'chance ». Décidément, Blanchard, vous êtes coutumier du fait... A vous en croire, la guigne ne vous quitte pas.

– C'est exactement ce qui m'est venu à l'esprit quand je vous ai vu débarquer.

– Très drôle... Mais passons. Vous aviez faim, je veux bien l'admettre. Mais quand même, cher ami, ce n'était pas une raison pour détourner sans vergogne l'argent du brave contribuable !

– C'était pourtant la seule solution que j'avais pour m'en sortir dignement. Sans détrousser plus pauvre que moi, je veux dire.

– Eh bien vous avez eu tort, Blanchard ! Si seulement vous aviez dépouillé de braves citoyens, la justice vous aurait fichu une paix royale. Tandis que là... Arnaquer l'Etat. Mais on n'a pas idée, malheureux...

– L'idée n'était pas de moi.

– Mon pauvre Blanchard... Mais vous êtes décidément un irresponsable ! Dans la panoplie du parfait nigaud.

– À l'époque, je n'avais pas vraiment le choix.

– Avez-vous seulement pensé aux conséquences ? Vous ne vous doutiez pas que tôt ou tard, vous vous retrouveriez avec toute une palanquée de scribes et de pharisiens uniquement à charge, tout disposés à rouvrir le bagne rien que pour vous ?!

– Vous savez, à l'époque j'avais qu'une seule hâte : travailler. Alors quand on m'a proposé ce poste consistant à faire de la figuration et un peu d'infographie, j'avoue que j'ai pas trop pensé aux conséquences. Mais maintenant, je m'en mords les doigts.

– Fallait y penser avant !

– ...

– Enfin, c'est pas là que ça coince. J'irais même plus loin : si d'aventure, mon cher ami, vous vous mettiez à coopérer comme il faut, on pourra toujours mettre ça sur le compte des erreurs de jeunesse.

– Mais enfin Commissaire !

– Quoi, qu'est-ce qu'il y a ? (Regard noir, mais noir...)

– Vous me demandez de coopérer. C'est justement ce que je suis en train de faire, il me semble.

– Ce que vous faites, pour reprendre une expression que vous semblez affectionner, j'appelle ça « faire pleurer Margot ». Mais avec moi, ça ne prend pas.

– Qu'attendez-vous de moi, au juste ? Je suis en train de vous raconter mon histoire en long, en large et en travers. Et ça ne suffit pas. ?

– Ce n'est pas précisément le genre d'informations dont j'ai besoin, et que je suis en droit d'attendre.

– Que voulez-vous de plus ?

– Des noms. Mais ça je vous l'ai déjà dit...

– ...

– Dès le début de notre entretien, je vous ai demandé de me fournir une liste de noms des personnes incriminées dans cette affaire. Je les attends toujours. Voilà pourquoi j'ai des doutes sur votre collaboration, que je veux pleine et entière.

– Vous savez Commissaire, je ne cherche qu'à vous aider. À m'amender, à collaborer, enfin tout ce que vous voulez. Mais sans pour autant risquer un contrat sur ma tête. Car je vous serais plus utile vivant. Mais si vous me mettez au pied du mur, ne me laissant pas le choix, sachez que je suis prêt à endosser ma part de responsabilité devant la justice. Pourvu que ma commanditaire assume aussi la sienne. Car voyez-vous, il faut être juste. Ne pas faire payer que les lampistes. Sans quoi, l'opinion ne comprendrait pas.

– Ah, j'oubliais : mais c'est bien sûr, cette audacieuse escroquerie est uniquement le fait de la veuve joyeuse. Quant à vous, cher ami, vous ne savez même pas vous servir d'un scanner...

– ... (Rictus crispé).

– Admettons... J'ai bien dit : admettons. Donc, c'était elle la tête pensante, et vous le « lampiste », comme vous dîtes. J'ai quand même un petit doute sur cette rhétorique mais passons. Allez, coupons la poire en deux et disons que vous étiez un « simple subordonné ». Mais quand même, vous n'étiez pas obligé de la suivre dans ce délire, non ?

– Ben... Non. Je ne sais pas ce qu'il m'a pris.

– Allons Blanchard. Quelle mouche vous a piqué ?

– C'est-à-dire... Je la croyais plutôt honnête.

– « Plutôt honnête » ? Mais rendez-vous compte, cette expression est risible à souhait, mon pauvre Blanchard. Surtout quand on connaît le personnage. Et d'abord, ça veut dire quoi, « plutôt honnête » ?

– Je ne sais pas, moi. Elle était quand même mère de famille. Devenue veuve, elle se démenait à sa façon pour élever ses trois enfants.

– J'apprécie le « à sa façon ». Et aussi l'image de la brave mère de famille. Pour un peu, vous me feriez fondre en larmes. Vous êtes un sentimental, Blanchard. Pas étonnant que vous vous laissiez dévoyer facilement...

– ...

– Au fait, je pourrais savoir comment elle s'y est prise avec vous ? À ce qu'il paraît, elle dispose d'arguments plutôt convaincants, la veuve joyeuse.

– ...

– Ça vous laisse sans voix, on dirait.

– ... (Soupir de lassitude) Je croyais que ce que vous attendiez de moi, c'était des informations permettant de démêler cette arnaque. Et pas des renseignements sur la vie privée des gens.

– Allons Blanchard, nous sommes entre nous. Vous n'allez tout de même pas commencer à faire votre mijaurée.

– ...

– Dites-moi cher ami, je me suis laissé dire que cette « brave mère de famille », avec ses manières de frétiller du sot-l'y-laisse, était du genre passablement entreprenante. C'est vrai ou pas ?

– Pourquoi j'irai sur ce terrain ? Vous me semblez déjà bien renseigné, Commissaire.

– C'est mon boulot. Alors, elle a essayé avec vous ?

– ... (Moue passablement excédée)

– Allons cher ami, vous savez que vous pouvez tout me dire. Je suis tenu par le secret de l'affaire.

– ...

– Allez mon garçon... Ça restera entre nous.

– Pour parler sérieusement, je dois reconnaître que la veuve Nicoli n'était pas spécialement portée sur les choses de l'esprit. C'est un peu ça qui m'a mis la puce à l'oreille, d'ailleurs… Quand j'ai vu à quelle allumeuse j'avais à faire, je me suis mis à avoir des doutes sur la probité du personnage… Et de son affaire, naturellement.

– Mais vous n'avez pas réagi !

– C'était trop tôt pour agir. Je n'avais pas encore de preuves. Mais je comptais bien en collecter, et par la suite dénoncer ces agissements.

– Complicité passive…

– Je ne demandais qu'une seule chose : m'extirper au plus vite de ce bourbier… Seulement voilà, si je ne voulais pas plonger, il me fallait partir avec au moins quelques atouts en main. Des pièces à conviction, que je commençais à collecter, par-ci, par-là. Histoire de préparer mon départ. Puis il y a eu cette troublante disparition. Avec ce prétendu testament. Ça m'a littéralement coupé l'herbe sous le pied.

– Pour votre gouverne, cher ami, sachez que l'écriture sur la lettre d'adieu, c'est bien la sienne. Les graphologues sont formels. Ce qui, j'en conviens, ne fait pas vraiment votre affaire.

– Ce qui ne fait pas mon affaire, c'est que la Police se montre incapable de la retrouver.

– Mais pourquoi diable la retrouver ? Quel intérêt y a-t-il à poursuivre un fantôme ? Je tiens déjà un coupable !

– Vous me croyez donc coupable ?

– Ce que je crois, Blanchard, c'est que les prisons

sont remplies de guignards et d'imbéciles. Et que si vous refusez de me donner des noms comme je vous l'ai expressément demandé, c'est simple : vous êtes fait comme un rat !

– ...

– Rendez-vous compte : on retrouve votre signature partout ! De préférence là où elle ne devrait pas être.

– Je signais sans comprendre. Mais ça, Antonella est la seule à pouvoir vous le confirmer. Et à vous expliquer que ma part de responsabilité n'est pas forcément celle que vous supposez.

– Moi, je n'ai rien contre l'idée d'atténuer les faits qui vous sont reprochés. Voire de vous disculper, si ça peut vous arranger. Mais pour ça, il faudrait que trois conditions soient remplies.

– Lesquelles ?

– *Primo*, pour que votre thèse soit crédible, faudrait déjà arriver à lui mettre le grappin dessus, à la maudite donzelle.

– Mais c'est justement ce que je me tue à vous expliquer ! Si vous voulez faire toute la lumière sur cette affaire, il faut commencer par retrouver Antonella !

– Laissez-moi finir. *Deusio*, faudrait ensuite arriver à lui faire cracher le morceau.

– Rien de plus simple ! Elle refusera de plonger seule. Une fois embastillée, elle parlera. Et vous verrez, ceux qui tomberont dans son sillage, ça sera rien que des gabarits. Pas des pauvres types comme moi.

– J'ai pas fini ! *Tertio* et *finito*, pour qu'il y ait un *primo* et un *deusio*, faudrait déjà remplir une condition *sine qua non* : me prouver que la malheureuse soit toujours vivante...

– Elle l'est !

– Foutaises ! Vos éludez un petit peu vite tous les indices accréditant une tragique disparition.

– Quels indices ? J'appelle ça de simples suppositions.

– Et la lettre, qu'est-ce que vous en faites ?

– Quoi, la lettre ?

– Elle a bien écrit qu'elle se sentait menacée, non ? Tellement menacée qu'elle envisageait même de disparaître.

– Quelque part dans le maquis. Ici, c'est monnaie courante.

– Mais il ne s'agit pas de ça, enfin ! Vous voyez bien qu'elle parlait de disparaître pour toujours.

– C'est peut-être suggéré. Mais ce n'est pas écrit noir sur blanc.

– Enfin Blanchard, même si elle ne l'écrit pas explicitement, vous comprenez bien qu'elle parlait de mettre fin à ses jours, quand même ? Rien d'étonnant à cela, puisque la pire des choses pouvant lui arriver aurait été de tomber vivante entre les mains de ses bourreaux.

– Et si c'était du bluff ? Un coup monté, en somme ?

– J'ai horreur de ces théories mais dites toujours, vous avez l'air de tellement y croire...

– Je pense très sincèrement qu'Antonella est toujours vivante. Pour la bonne raison que c'est sûrement elle qui a fait liquider Frassatti et ses hommes. Un événement qui, comme vous le savez, est postérieur à sa disparition.

– Et qui pourtant ne prouve rien : Frassatti avait tellement d'ennemis.

– Sans doute, mais ils en avaient peut-être moins à son service que la ténébreuse italienne. D'ailleurs, si elle a dû arrêter un business aussi juteux, c'est bien à cause de ce crétin. Alors...

– Ah ah ah ah ! Je me marre ! Mais je me marre !!!

– ...

– « Elle se fait passer pour morte pour éliminer ses ennemis sans crainte des représailles ». Effet de surprise garanti. De mieux en mieux, Blanchard. De mieux en mieux. Bravo en tout cas. Quelle imagination fertile !

– Cette femme est capable de tout ! Même du scénario le plus improbable. C'est ce qui fait sa force, vous savez.

– Mais enfin Blanchard, ouvrez les yeux ! Relisez la lettre. Je sais bien que vous cherchez à vous raccrocher aux branches, mais ce n'est pas une raison pour fuir la réalité. Au vu d'un tel courrier, qu'est-ce qui vous fait seulement supposer qu'Antonella puisse encore être de ce monde ?

– Les faits me donnent raison. Depuis que cette fichue lettre a été écrite, on n'a retrouvé aucun cadavre dans les parages. Et en matière de disparition inquiétante, un homme de loi m'a récemment confié quelle devrait être votre démarche. Sur le plan déontologique, en tout cas.

– Eh bien ? Que dit ce bavard ?

– Que déontologiquement, vous devriez procéder par élimination, le décès étant la dernière des hypothèses, une fois toutes les autres écartées.

– Je vois que vous avez pris les devants en consultant un avocat. Un « Monsieur je sais tout » qui ne se fait pas vergogne de nous dire ce que nous devrions faire, et comment. Et qui n'est sûrement pas le dernier à dénigrer le travail de la Police. Bien joué ! Mais quand même, consulter un ténor du barreau, c'est pas un peu louche, pour quel qu'un qui se dit innocent ?

– Je me suis juste renseigné sur les procédures relatives aux disparitions inquiétantes. Si vous les respectez, en mettant tout en œuvre pour retrouver Antonella plutôt que de chercher à m'incriminer, vous aurez sûrement l'occasion de démêler cette affaire.

– Enfin... En théorie.

– Vous ne me croyez toujours pas ?

– Ce que je crois, mon cher Blanchard, c'est que vous êtes un grand enfant. Vous allez voir les journalistes, et maintenant les avocats, après tout pourquoi pas, mais dans le fond, vous vous bercez d'illusions. Car en l'état actuel des choses, j'en aurais déjà largement assez pour vous serrer. Enfin comme on dit : « l'espoir fait vivre »...

– Le seul espoir qui m'aide encore à survivre, c'est que la Police fasse son travail sans à priori. Et que vous parveniez enfin à lui mettre le grappin dessus.

– Alors là, va falloir nous aider, Blanchard. Va falloir sacrément nous aider...

– Comment ?

– Déjà, en nous donnant des noms. Parce que celle sur laquelle vous bloquez est introuvable. Mais y'en a peut-être d'autres. Elle n'était pas toute seule à décider, non plus ?

– J'ignore si Antonella avait des commanditaires. Le seul moyen de le savoir serait de lui poser la question.

– Et si elle est réellement passée de vie à trépas ?

– Vous avez lu attentivement sa lettre ?

– Enfin, évidemment (regard méprisant) !

– Et vous ne vous êtes pas posé la question ?

– Laquelle ?

– Comment la veuve Nicoli aurait-elle pu prévoir la tournure des événements ?

– Quels événements ? Vous faites sans doute allusion à l'élimination de la bande à Frassatti ?

– Exactement !

– Mais mon pauvre Blanchard, elle n'avait rien

prévu du tout ! Elle a simplement écrit que « les ordures qui veulent sa peau ne l'emporteront pas au paradis ». Ou un truc du genre, si je me souviens bien.

– N'empêche... Cette crevure de Frassatti est tombé peu de temps après que la lettre ne soit postée...

– Ecoutez, j'ai bientôt trente ans de maison. Au cours de ma carrière, j'en ai vu tomber des cadors. D'ailleurs, un jour ou l'autre, ils finissent tous par y passer. Etant incapables de raccrocher à temps. Pas besoin de s'appeler Madame Soleil pour leur pronostiquer une mort violente.

– ... (Soupir désabusé).

– Eh oui, Blanchard. Le crime ne paie pas. Et cette phrase où elle parle de son ennemi signifie tout simplement qu'elle appelle le mal sur lui. C'est culturel, ici. Mais ça n'a pas valeur de prédiction. De toute façon, elle se doutait bien qu'un jour ou l'autre, le tour de Frassatti viendrait.

– Possible. Mais pourquoi juste après que cette lettre fut postée. Et pardonnez-moi, mais cette formulation peut très signifier autre chose qu'une simple banalité.

– Quoi donc ?

– Les prémices d'une vengeance annoncée.

– Pas forcément.

– Je pense qu'Antonella contrôle les événements. La preuve : elle annonce la chute de Frassatti, et comme par hasard quinze jours après on retrouve une *Subaru* flambant neuve calcinée au fond d'un ravin. Avec quatre corps à l'intérieur. Dont celui de l'autre irascible. Transformé en merguez, mais identifiable. Alors vous en penserez ce que vous voudrez, Commissaire. Mais quelque part, relativement à cette tragique disparition, Antonella nous l'avait bien annoncé !

– Vous alors, quand vous avez une idée en tête...

– ...

– Alors d'après vous, la veuve noire serait toujours en vie. Non seulement en vie, mais capable d'organiser une mise en scène pareille ?!

– Je connais suffisamment le personnage pour être tenté de répondre par l'affirmative. Et j'ai en moi la ferme conviction qu'Antonella a organisé sa propre disparition. Afin d'éliminer ses adversaires sans craindre des représailles. Et en trouvant une parade pour se soustraire habilement à la justice.

– C'est pas un peu machiavélique, comme idée ?

– Et c'est bien pour ça que c'est plausible un scénario pareil, c'est tout à fait son style. Vous savez Commissaire, je la connais bien. J'ai quand même travaillé avec elle pendant trois ans et demi.

– Si vous le dites...

– Croyez-moi Commissaire, c'est bien elle qui tire les ficelles. Et cette foutue missive n'est qu'un écran de fumée. Pour faire croire qu'elle n'existe plus. Alors qu'elle n'a jamais été aussi dangereuse.

À présent, Blanchard jauge son interlocuteur, qui semble moins péremptoire qu'à l'accoutumée... Son estomac émettant des borborygmes, c'est peut-être ce dernier qui lui commande de mettre un terme à la controverse.

– Possible, après tout...

– Ah ! Vous admettez enfin cette éventualité.

– Ceci dit, je ne vous crois pas spécialement. Je vous accorde simplement que tant qu'on n'aura pas identifié de cadavre répondant formellement au nom d'Antonella Nicoli, l'hypothèse d'une disparition volontaire restera ouverte. Du moins en théorie. Mais à part ça...

– Quoi encore ?

– Vous le savez très bien. Dans l'ensemble, vous êtes plutôt mal barré. À moins évidemment de répartir les responsabilités. À propos, vous étiez combien à tremper dans ces sales magouilles ?

– À votre avis, Commissaire ?

– Ici, y'en a qu'un seul qui pose les questions. Et il se trouve que c'est moi.

– Il n'y avait que nous deux. Antonella décidait de tout, et moi j'exécutais.

– Bien, c'est tout ce que je voulais savoir...

– Vous, vous avez besoin d'un coupable, on dirait.

– Vous aussi, Blanchard. Dans la vie, on a toujours besoin de plus coupable que soi. Et il se trouve que mon boulot consiste justement à les trouver.

– C'est ce que je me tue à vous expliquer : il faut retrouver Antonella.

– Même si vous la croyez encore vivante, elle n'est peut-être pas la seule à pouvoir éponger la dette avec vous. Je parle bien sûr de la dette envers la société, car tout cet argent ne sera jamais recouvré, sauf à lancer un impôt supplémentaire. Mais si le brave contribuable est mis à contribution, il faut que quelqu'un paye. Qu'il soit désigné comme coupable devant l'opinion. Et ça, c'est parfois pire que la tôle. Alors dites-nous tout ce que vous savez. Sans rien éluder, et surtout pas l'identité des éventuels complices. Si vous faites tout cela sans regimber, les choses peuvent encore s'arranger. Et si d'aventure la mémoire des noms vous revenait, n'hésitez pas à m'en faire part. C'est la seule chose qui puisse vous sauver.

– Merci du conseil. Je tâcherai d'y penser.

– Suivez-le, et tout ira bien pour vous !

3

« Un dernier point cependant : vous aurez beau lancer toutes les recherches que vous voudrez, dorénavant, vous ne me trouverez plus. Cherchez-moi autant qu'il vous plaira : du levant au couchant, du midi au septentrion, je n'y serai pas. À la question de me laisser trouver par vous, je réponds simplement ceci : jamais de la vie ! Car voici l'endroit où je veux reposer : entre un îlot rocheux et une falaise albâtre. Oui, c'est là où j'ai creusé mon sépulcre : entre un îlot rocheux et une falaise albâtre, précisément. »

Ainsi s'achevait la mystérieuse missive. Celle-là même qui accréditait la thèse d'une funeste disparition. Fait étrange, cette lettre au demeurant fort bien tournée faisait mention de son « alter ego », un genre de double au nom canularesque (Lolita Cannelloni) qui sortirait d'on ne sait où afin de venger la veuve. Drôle de recette, celle du cannelloni en tant que plat qui se mange froid... Plus que cette farce risible, c'était bien la disparition énigmatique de la veuve noire qui tracassait ce pauvre Blanchard. Le fait qu'elle se soit volatilisée ne lui laissait plus aucun espoir de se défausser. René se repassait en boucle la mystérieuse missive. Surtout cette curieuse périphrase, où il était vaguement question d'une île et d'une falaise. Mais à vrai dire, tout cela ne l'avançait pas vraiment. Bref, il piétinait. Hormis sur un point : il reconnaissait sans conteste le style exalté de la sulfureuse Toscane. Sans être foncièrement portée sur les choses de l'esprit, Antonella n'en avait pas moins un sens de la métaphore – et du mystère – très développé. Elle avait les idées fixes, aussi. D'où cette insistante redondance. René connaissait bien la disparue. Sachant qu'elle ne disait jamais rien par hasard, le mot de la fin retint son attention. À l'évidence, ce *« précisément »* devait avoir toute son importance. À l'évidence, il résonnait comme un mot clé. Celle de cette intrigante énigme... Outre cela, René se souvenait que la belle se passionnait pour les civilisations précolombiennes. C'est ce beau papier à en-tête, étalé sous ses yeux tandis qu'il relisait maintes et maintes fois le même courrier, qui lui rappela ce détail. Oui, ce filigrane aussi avait sa symbolique. Antonella le réservait pour ses correspondances privées.

Or, il représentait une évocation de son collier fétiche. Un authentique pendentif aztèque. Un genre de croix entourée d'un cercle, avec en son centre un splendide joyau. À propos, la pierre avait un éclat de serpentine, pareil à son regard de jade. Un regard fascinant dans lequel plus d'un macho s'était probablement perdu. Un jour, la disparue avait expliqué à son empoté d'associé la signification de ce symbole. Il ne s'agissait pas, comme Blanchard l'avait d'abord pensé, d'une quelconque amulette, ou d'un objet mystique. Mais d'une représentation de l'univers. Pour raisonner par analogie, ce pendentif correspondait grosso modo à une rose des vents. Mais une rose des vents plus complète que la notre. La pierre en son centre figurait le point cardinal absolu. Une direction que notre civilisation occidentale, ô combien réductrice, continue d'occulter. Mais qui s'avère indispensable : lorsqu'il s'agit de se situer précisément dans l'espace, quoi de plus utile que de situer ce cinquième point cardinal ? Cette direction étonnement méjugée ne nous est pas étrangère : il s'agit tout simplement du centre. Le centre, ce point *précis* par excellence. Alors que les autres points cardinaux sont toujours un peu flous. Le centre, doté d'un irrésistible attrait pour la disparue. Elle avait jugé bon de le situer quelque part « entre un îlot rocheux et une falaise albâtre ».

Antonella aimait la Corse. Plus que tout endroit, excepté peut-être sa Toscane natale, elle chérissait cette île. René, lumineux de science, décréta que la réponse à cette curieuse énigme se situait logiquement en Corse. En plein centre de la Corse. Nécessairement. À l'évidence, cette incrustation du pendentif en filigrane n'était pas arrivée là par hasard. Elle contenait une indication. La mention de ce point cardinal central corroborait la substance même de l'écrit testamentaire. Mettant à l'honneur les villages de l'intérieur, où Antonella souhaitait désormais reposer en paix. Pas de doute, sa prétendue disparition était un écran de fumée, et malgré ce subterfuge René savait qu'il était sur la bonne voie. Grâce à tout ce qu'il connaissait de la disparue, et surtout grâce à son intuition, il pouvait décoder l'énigme. Et retrouver la bonne piste. Celle qui le mènerait jusqu'à Antonella. Immanquablement. L'espace d'un instant, il songea à informer le Divisionnaire de la présence d'un code sur le filigrane. Et de sa très probable signification. Fier de sa brillante déduction, Blanchard voyait là une occasion de se rehausser auprès de celui qui l'avait traîné plus bas que terre, et de lui montrer qu'il jouait la transparence. Il décrocha le téléphone, mais il se ravisa bien vite. Après tout, puisque lui seul semblait à même de saisir le sens caché de cette missive pour le moins ambigüe, et même d'en décrypter le code, il était inutile d'en aviser le nabot, d'autant que ce dernier s'était montré fort déplaisant. De plus, il était formaté, trop obtus pour accorder de l'importance à ce symbole. René en faisait son affaire. S'il voyait dans cette quête le moyen idéal de prouver sa bonne foi, il y trouvait surtout lune aubaine. Une occasion inespérée de sortir de l'ombre. De sortir *enfin* de l'ombre. Après tant de travail non reconnu et de vexations...

4

Vizzavona en mars, très tôt dans la journée. Il fait encore sombre. Terriblement sombre. Le ciel est couvert et l'aube tarde à se lever. Un vent glacial descend de la montagne. Rien d'étonnant car en cette saison, les cimes du *Rotondu* sont encore enneigées. Et ni les pins *laricci* ni l'épais macadam (refait chaque année à l'époque bénie des subventions Européennes) ne dégagent leur senteur habituelle. Le froid pique la gorge. Tout comme le café brûlant que René avale d'un trait. Il vient de faire halte dans un pittoresque chalet, où l'odeur des figatelli braisés est des plus appétissantes. Mais Blanchard n'est pas venu jusque là pour « faire le touriste ». Il est à l'affût. Car c'est ici, précisément, que se trouve l'endroit stratégique. Sans conteste, le point central entre un certain îlot rocheux – la Giraglia – et la fameuse falaise albâtre – celle de *Bunifaziu* – c'est ici. Car, comme chacun le sait, le centre de la Corse, c'est *Vizzavona*. Et c'est bien là, *précisément*, qu'il compte bien retrouver Antonella. Vivante, de préférence. Sans quoi, ses derniers espoirs seraient irrémédiablement ruinés. Muni d'une photo sur pied de la belle Toscane aux yeux menthe à l'eau, Blanchard commence par tourner autour du pot. Il fait tapisserie. Jauge ses interlocuteurs. Au bout d'un moment, il s'enhardit. Et bientôt, il se surprend à interpeller les rares clients du petit matin. Et même le redoutable tôlier, il le questionne sans ambages. Bref, il joue les curieux. Une démarche ordinairement à haut risque sous cette latitude. Mais qui, ce matin-là, semble bizarrement bien tolérée. Pour ne pas dire appréciée, la mine réjouie de ses interlocuteurs étant de bon augure. René croit rêver. Serait-il en veine aujourd'hui ? À la gouaille expressive de ses interlocuteurs, il ne tarde pas à saisir le quiproquo. Il est beaucoup trop tôt pour qu'ils soient imbibés, ou alors ils distillent l'alcool de la veille. Mais il ne s'agit pas de ça. Vu leurs sourires moqueurs et pourtant gênés, ils doivent le prendre pour un cocu. La photo de la bimbo entre les mains d'un nigaud pareil ne laissant envisager qu'un seul scénario : la mariée était décidément trop belle ! Blanchard se couvre de ridicule, et c'est sans doute pour cette raison que le redoutable limonadier autorise le comique de service à poser ses questions à deux balles. Pour la plus grande joie des quelques habitués qui, de si bonne heure (il doit être à peine cinq heures quarante) se sont déjà égayés pour le reste de la journée. René, quant à lui, est bredouille.

Après avoir passablement amusé la galerie, il s'en

retourne comme il était venu : misérable, et penaud. En se rendant sur le parking, il voit que les festivités s'animent. Il a toutes les peines du monde à éviter les regards obliques, éminemment narquois, de la clientèle. Mais il ne désarme pas. Préférant prendre sur lui, car sa mission ne fait que commencer. Il a d'autres établissements à visiter sur le secteur. Blanchard fulmine. Il en est à son cinquième café. Après avoir visité le Chalet (avec le résultat que l'on sait !), il s'est ensuite rendu dans le village le plus proche, qu'il tenait pour *Vizzavona*, afin d'y poursuivre l'enquête. Or, le panneau criblé de chevrotines (une vraie passoire !) laissait deviner une inscription pouvant évoquer « Vivario ». *Vivariu*, mais certainement pas « *Vizzavona* »...

Réalisant sa méprise, Blanchard fait soudain volte-face. Et, au volant de sa twingo, il s'empresse de gagner le lieu-dit « *a Foce di Vizzavona* ». Ignorant les plaques de verglas, il roule à *tavuletta* vers un point encore mal défini dans son esprit. Il fonce : c'est qu'il a encore du monde à voir... Ça y est, le voilà arrivé à l'endroit propice. Sa détermination n'a pas été entamée par les quolibets. Opiniâtre, René écume successivement le « Relais », le « Restaurant du Chef de Gare » et les gargotes avoisinantes, toutes susceptibles d'avoir vu passer son ex-patronne. RAS. En désespoir de cause, il se rabat sur les hôtels. Finalement, il doit bien se rendre à l'évidence : non, la belle Antonella ne s'est pas réfugiée, comme il lui a d'abord semblé, dans la fraîcheur de *Vizzavona*. Mais ailleurs dans le centre géographique de l'île. Mais où alors, si Vizzavona n'est pas l'endroit le plus central ?

Dépité et un tantinet énervé (d'ordinaire, il ne boit jamais de café), René finit par délaisser cette fausse piste. Méprisant le verglas, il repasse le col de *Sorba* à fond de trois. En se disant qu'il avait vraiment eu tout faux. Si la belle était vraiment passée par là, les mâles du coin en hurleraient encore. Mais là, bernique ! Pas le moindre effluve de phéromone. *Stumagué*, il commence même à pester contre lui-même. Contre sa manie de faire des déductions fumantes. Non, il n'y a décidément *rien* à trouver entre ce morne îlot qu'est la *Giraglia* et les falaises dégringolantes de *Bonifacio*. Rien qui vaille la peine de se ridiculiser de la sorte ! Et cela, même en se montrant aussi *précis* que possible...

5

Ce matin-là, en décachetant son courrier, René accusa le coup. À l'évidence, les choses ne tournaient pas en sa faveur, et même, elles se répartissaient malhabilement. Outre ce vieux renard de Lagarce qui l'avait dans le collimateur, les limiers de la Financière étaient désormais sur les rangs. Sans doute un petit cadeau du divisionnaire Bonneau, qui ne l'avait manifestement pas oublié. C'était réciproque, d'ailleurs. Après tout, ce n'était pas si souvent que René avait été *à la rise*.

Jusqu'à l'instant fatidique ou il ouvrit le courrier recommandé, René aimait bien se remémorer son petit numéro, il trouvait cela très jouissif. Le numéro qu'il avait interprété devant Bonneau et sa bande, alors qu'il était entendu dans les locaux de la Brigade Financière. Prenant son air naïf, il les avait roulés dans la farine... Surtout cette quiche de Bonneau. Le pauvre, il avait tout gobé. Dans le fond, Lagarce avait raison : mine de rien, ce pathétique Blanchard n'avait pas son pareil pour faire pleurer Margot. À tel point qu'il s'était même payé le luxe de blouser les pires blaireaux qui soient : flics et bureaucrates à la fois. Seulement voilà, c'était la première et la dernière fois. Blanchard savait très bien qu'il ne les y reprendrait pas. Il s'agissait d'une simple convocation, René devant être entendu comme témoin assisté. Vu ce qu'il s'était pris dans la tête avec Lagarce, une telle menace pouvait sembler anodine. Mais seulement de prime abord. Car René maintiendrait sa ligne de conduite. Et un témoin assisté qui refuse de déposer contre des quidams qu'il est délicat d'incriminer ne peut que basculer dans la catégorie des suspects. Même si ce n'est pas lui qui les intéresse, déposer contre des personnalités influentes n'est jamais expédient... René froissa rageusement le maudit papier.

Avant de le laisser dédaigneusement tomber à même le sol. Sa décision était prise : il ne se rendrait tout simplement pas à cette convocation. Qui ne pouvait que sceller son arrêt de mort. Et si jamais on venait lui demander des comptes, il expliquerait à ses détracteurs qu'il n'avait plus un rond. Enfin si. Mais juste de quoi croûter. Alors... Pas question de balancer les quelques *belins* qu'il lui restait par les hublots poisseux du ferry. L'aspect pécuniaire n'était qu'un prétexte. En vérité, René savait pertinemment que Bonneau voulait sa revanche. Et que s'il avait le malheur de se jeter dans la gueule du lion, il n'en réchapperait en aucune façon. Quand la Financière a quelqu'un dans le nez, elle trouve toujours un motif pour le coincer. Et une fois Blanchard embastillé, qui s'occuperait alors de retrouver Antonella ? Certainement pas Lagarce… À l'évidence, ce nabot ne pensait qu'à une chose : gravir les échelons. Alors il ne lâchait rien. Pour arriver à ses fins, il était prêt à faire feu de tout bois. Faute de mieux, l'arrestation d'un pathétique fantoche comme René Blanchard ferait son affaire. Une affaire moins juteuse que l'inculpation de la veuve noire ou d'un autre grand Ponte de la pègre. Mais une affaire pliée d'avance. En deux temps trois mouvements. Qui viendrait égayer son tableau de chiffres. Du haut de ses un mètre cinquante (talonnettes comprises) ce sinistre carriériste ne résisterait pas à la tentation de cravater un pathétique lampiste. Juste pour faire du chiffre. Se faire mousser auprès de sa hiérarchie. Ou bien par dépit de n'avoir rien d'autre à se mettre sous la dent. L'évidence crevait les yeux, et même le candide Blanchard n'était pas dupe de la situation. Il savait pertinemment que s'il n'offrait pas de garanties, Lagarce ne perdrait pas son temps à courir après le fantôme de la veuve noire. Il savait que pour retrouver la seule personne pouvant éventuellement le disculper, il ne pouvait compter que sur lui-même.

Plus que jamais, retrouver la piste de la belle toscane constituait son unique espoir. Celui qui « fait vivre », comme le lui avait si justement fait remarquer, mais avec cette pointe de cynisme qui lui allait si bien, le petit commissaire au nom prédestiné. Blanchard se raccrochait désespérément à cette fichue lettre. À force de la ressasser, elle finit par tourner sur elle-même dans son esprit tourmenté. En vain. Blanchard eut beau insister, il ne parvint pas à percer l'énigme. À deviner quel endroit précis la missive pouvait bien désigner. Mais au moins il était sûr d'une chose : la clé de l'énigme – si clé il y avait – ne se trouvait pas à *Vizzavona*. Mais où, alors ? Et d'abord, fallait-il vraiment donner un sens à ces élucubrations mortuaires ? À bien y réfléchir, cette histoire d'alter ego – affublée d'un pseudonyme risible à souhait – semblait ôter toute crédibilité à la farce. À tel point que Blanchard lui-même commençait à douter. À se demander si cette fable n'avait pas été inventée justement pour semer la confusion. Pour organiser le doute. Comme la belle savait si bien le faire, du reste... Blanchard était désemparé. Et pourtant, en son for intérieur, il refusait d'abdiquer. En se disant que tout cela avait forcément un sens. Un sens caché, peut-être. Mystérieux. Mais la très envoûtante Antonella ne cultivait-elle pas le goût du mystère ?

6

Des journées passèrent, et d'autres encore, toutes pareilles les unes aux autres. Blanchard, toujours dans l'expectative, ne cessait de gamberger. De tourner en rond. Il avait bien quelques idées quant à l'endroit secret évoqué dans la missive. Il envisageait bien quelques pistes, par-ci, par-là. Mais il était tellement abasourdi qu'il ne prenait pas la peine de se bouger. En un mot, il se laissait vivre. Ou plutôt mourir. Il en fut ainsi jusqu'à ce moment fatidique, où la nouvelle tomba. Comme un couperet. Manifestement, son refus de répondre à la convocation adressée par la Brigade Financière, un refus justifié par d'indéniables contraintes pécuniaires, n'était pas du goût de tout le monde.

Aussi le Divisionnaire Bonneau, qui n'avait rien contre un séjour tous frais payés sur l'île de beauté (et rien non plus contre le fait de dilapider l'argent du brave contribuable), avait pris l'initiative de dépêcher un émissaire en Corse. Un parasite de première, répondant au doux nom de « Gendarme Steiner », et qui était susceptible de débarquer incessamment.

Ces malpolis de condés ont la fâcheuse manie de vous prévenir au dernier moment ! À travers cette délicate intention, Blanchard reconnut sans conteste le style de la maison poulaga. Qui était bien du genre à offrir à ses hôtes un sympathique séjour. Du genre logé-nourri, mais pas vraiment blanchi...

7

Le doigt du randonneur s'immobilise au centre de la carte. Parmi les rares effets personnels qu'il a emportés dans sa fuite, cette carte est probablement son bien le plus précieux. Parce qu'une carte permet, entre autres choses, de se situer *précisément* dans l'espace. Et accessoirement de se diriger vers l'endroit de son choix, fut-il méconnu. Or, René est bien décidé à se diriger vers le centre. Et la vue des courbes de niveaux superbement rapprochées n'infléchit en rien sa décision. Car voyez-vous, lorsqu'on a un tant soit peu le sens de l'observation, une simple carte recèle une mine d'informations. Songez au travail minutieux qu'il a fallu pour répertorier toutes ces indications. Des indications sans importance, futiles parfois. Franchement, quand vous prenez la route, qu'est-ce que vous en avez à faire, de l'endroit où se trouvent les phares pour les navires ? Et pourtant, c'est précisément *ce* détail anodin qui interpelle Blanchard. Et qui l'oriente irrésistiblement vers une nouvelle piste. La bonne, à l'évidence. Car étayée sur une démonstration magistrale : « Attendu que l'endroit mentionné dans la lettre est situé *précisément* entre un point « a » et un point « b », et qu'il s'avère que le point « a » – apparenté à la *Giraglia* – n'offre d'autre particularité que le fait d'héberger un phare maritime, attendu que ces deux points opposés sont censés présenter une similitude frappante si l'on se réfère à la parfaite symétrie de la rose des vents Aztèque imprimée sur l'en-tête du courrier, alors, dans un souci de cohérence, le point « b » doit forcément correspondre à un phare maritime ». C.Q.F.D. ! Machinalement, René Blanchard scrute le bas de la carte. En parcourant du regard le découpage des falaises de *Bonifaziu*, ses yeux ternis retrouvent leur éclat à la lecture de ce nom magique : *Pertusatu*. Emporté par une irrésistible frénésie, il ne tarde pas à mesurer la distance entre les deux extrémités. La moitié de cette distance, plus exactement. Et les ellipses tracées au compas ont fait le reste. Elles se sont recoupées ici même, à quelques encablures de cette localité dont il ne soupçonnait même pas l'existence quelques instants auparavant. À propos, le lieu mystérieux se nomme ainsi : *Petrosu*. En décollant son index de la carte, René réalise que l'endroit *précis* (au micron !) entre la *Giraglia* et *Pertusatu* correspond à cette petite carrière, située à l'ubac.

Flanqué d'un sac à dos lourd de toute la misère du monde et de chaussures de marche un peu rêches (trop longtemps remisées), le randonneur s'en va explorer les chemins creux du *Boziu*. Une région qu'il doit traverser de part en part s'il veut ensuite gagner l'ancienne *Pieve di Castellu*, où se trouve, perdu dans la montagne, son point de chute : le village de *Petrosu*. D'après la carte, l'endroit serait quasiment désert. Quant aux improbables sentes, répertoriées il y a des lustres, elles sont sûrement devenues impraticables. Mais après tout tant mieux : n'est-ce pas là l'occasion idéale de se mettre au vert ? De voyager sans craindre de se faire cueillir par les bleus ? Même si un tel périple relève de l'exploit sportif, de l'insouciance peut-être, Blanchard, qui se sait recherché, n'hésite pas à s'enfoncer plus avant dans cette forêt pareille à l'immensité. Une immensité hostile, et qui paradoxalement semble le rassurer. « Là au moins, les condés sont pas prêts de me serrer », dit-il comme pour se rassurer. Trouver un sens à cette décision irrationnelle. Parti dans ses délires, le fugitif doit aussi s'imaginer que sa barbe de trois jours et son accoutrement de baroudeur lui assureront une arrivée discrète dans ce village de l'intérieur. « Après tout, qui se méfierait d'un simple randonneur ? » aime-t-il à se répéter. Mais au fond de lui, il n'en mène pas large.

8

L'obstiné baroudeur était bien résolu à gagner la mystérieuse localité dans les plus brefs délais. Deux à trois jours de marche, quatre maximum. Et qu'importe si la carte dévoilait d'imposants obstacles naturels à mi-parcours. À défaut de les franchir, Blanchard les contournerait. Et gagnerait *Petrosu* vaille que vaille. Seulement voilà, il ne tarda pas à constater que les rares chemins répertoriés finissaient immanquablement par disparaître. Se perdant au milieu de nulle part. Ou bien ils étaient recouverts de ronces. De sorte que le randonneur devait – et plus souvent qu'à son tour – gravir le relief escarpé. Pour tenir le bon cap. Enfin, pour essayer...

Or, les épais taillis, ajoutés à la chaleur exténuante du jour, à la fraîcheur de l'aurore et à une nourriture inconsistante, eurent tôt fait d'avoir raison d'un moral bien entamé, et d'un physique précaire (émoussé par des années de galère et d'oisiveté). Mais il y bien pire : en proie à des circonstances éprouvantes, Blanchard perdit pour ainsi dire tout sens de l'orientation. Immergé parmi l'immensité sauvage, il errait çà et là au gré de son intuition grouillante et marécageuse. Où tout n'était qu'illusion, chimère. Ces fâcheuses et incessantes pérégrinations commençaient à retarder sa progression. Et à entamer tant le physique que le moral. Le voyageur égaré, qui ressemblait à un pauvre hère, était complètement à la ramasse. Et pourtant, s'il voulait s'en sortir, il lui fallait rattraper au plus vite le temps perdu. Avancer en marche forcée, malgré l'épuisement. Il en allait de sa survie : les rations protéinées emportées à la hâte ne lui permettraient pas de tenir bien longtemps encore. Et le camelback se vidait, il avait dû le remplir avec de l'eau croupie. Tout cela, Blanchard le savait fort bien. Mais la pression qui montait l'amenait à se précipiter... donc à se fourvoyer davantage.

Et il advint, alors qu'il tentait envers et contre tout de progresser à travers ce milieu hostile, que Blanchard fut soudain pris d'un doute affreux. C'était à l'aube du cinquième jour. Dans l'épaisseur du silence, c'était un silence assourdissant, à rendre fou, il laissa échapper comme un cri de désespoir. Un simple soupir, en fait. Quelques décibels arrachés à sa voix fluette. Et bien incapables de déchirer l'opacité crépusculaire. Un simple soupir, parce qu'il n'avait même plus la force de crier son désespoir.

Mais ce soupir en disait long : à la faveur d'une lueur flavescente, Blanchard venait de reconnaître cette cime rocheuse, si caractéristique, qu'il s'était escrimé à escalader la veille. Ou l'avant-veille, peut-être. Mais une chose était sûre : il était déjà passé par là. En tout et pour tout, ce pauvre René n'avait fait que tourner en rond. Comme cette forêt de travers lui semblait maudite ! Emmitouflé dans un épais manteau de brume qui lui glaçait les os, tourmenté par de mélancoliques frimas qui resserraient leur étreinte à mesure qu'il avançait, René frissonnait. Il claquait des dents. Et l'humidité, terriblement glacée, le taraudait. Son front devenait brûlant. De plus en plus brûlant. Et, désespoir ultime, la soif commençait à le tenailler. La mort dans l'âme, René réalisa – mais un peu tard – qu'il ne servait plus à rien d'insister. A présent, il se retrouvait seul face à cette alternative lourde de conséquences : mourir d'épuisement, ou bien de froid. Puisque rien ne lui souriait, l'expression « à quoi bon lutter ? » commençait à hanter son esprit. Peu à peu, et d'une façon aussi sournoise qu'implacable, elle était en train de devenir son leitmotiv. De toute manière, il fallait bien se rendre à l'évidence : non, il ne pouvait plus empêcher l'inéluctable. Au point où il en était, le mieux à faire était encore de s'asseoir un peu. De s'allonger à même le sol. Pour se reposer une dernière fois. En se repassant le film de sa vie. Une misérable existence comme il en existe tant. Une vie déprimante à souhait. Mais dont, en définitive, il refusait obstinément de se départir.

En bon cabochard, René Blanchard décida de s'entêter dans son malheur et son égarement. Crânement, il jeta ses dernières forces dans la bataille. Dans un combat peut-être perdu d'avance. Mais tomber les armes à la main était la seule fin qui lui sembla acceptable. Opérant une ultime volte-face, il décida de rebrousser chemin. De mettre un point d'honneur à progresser coûte que coûte, toujours droit devant, comme pour se persuader qu'il avait retrouvé la bonne direction. Après tout, cela finirait bien par déboucher quelque part. Àcondition toutefois de garder toujours le même cap. En s'interdisant de contourner les obstacles. Immergé dans cette immensité inconnue, où il commençait à sombrer corps et âme, le vagabond rêva qu'il pouvait encore s'en sortir simplement en marchant droit devant lui. Il souffrait de crampes à l'estomac.

Et voici ce que la providence lui réserva au cours de cette fatidique journée. Alors qu'il suivait une sente étroite, René se retrouva face à un dilemme. À un *énorme* dilemme, qui pouvait bien avoisiner le quintal. Vautré dans un cloaque nauséabond, l'animal barrait le sentier sur toute sa largeur. De sorte qu'il était radicalement impossible d'avancer sans le déranger. Le monstre semblait endormi, ses ronflements faisant monter une brume évanescente au-dessus de son groin.Un groin surdimensionné, qui pointait désormais en direction de l'intrus. Du dérisoire intrus, campé sur ses pataugasses, qui ne demandait qu'une chose : laisser le seigneur de ces bois à un repos bien mérité. La chasse aux gros venait de s'achever (du moins officiellement), et le gigantesque *razzonu* s'en était plutôt bien tiré. Seuls quelques impacts sur le flanc gauche témoignaient de contacts assez mal engagés avec son unique prédateur : le genre humain.

Blanchard vrilla un œil expert sur la blessure. Des chevrotines s'étaient fichées dans la couenne meurtrie, mais elles n'avaient manifestement pas pénétré jusqu'aux chairs. Du reste, seule une fine peau, presque une pellicule, s'était reformée par-dessus la plaie, offrant ainsi la perspective d'une guérison inespérée : les corps étrangers, poussés par les chairs qui se reformaient, commençaient à s'extraire de l'animal. Comme si le corps avait pris des dispositions pratiques pour les en expulser. Décidément, le mastodonte semblait indestructible. Intraitable, aussi : il était dans *son* territoire, et l'importun n'avait qu'à bien se tenir. Oui, ce satané bourbier en travers du chemin était son repaire. Son endroit de prédilection. Et l'imposant suidé, aux allures d'hippopotame, n'était absolument pas disposé à le quitter, comme l'indiquaient les grognements caverneux qui sortaient de son abdomen, et qui se faisaient de plus en plus expressifs à mesure que René s'approchait. Le randonneur égaré décida de passer outre à l'avertissement. Son insouciance croissant à mesure que sa résistance s'amenuisait. De toutes manières, rebrousser chemin une nouvelle fois (une fois de trop !) le condamnerait immanquablement à un sort funeste. Or, René Blanchard avait une mission à mener à bien. Il n'avait pas le droit de tomber d'inanition. Il refusait catégoriquement de crever au fond de ce bois sinistre. Surtout pas maintenant ! Pas avant d'avoir retrouvé Antonella. Ou au moins d'avoir tout essayé.

Rassemblant ses dernières forces, Blanchard s'élança pour sauter par-dessus ce maudit cloaque et son redoutable locataire. Sauf qu'au moment où il se présenta devant l'obstacle, le monstre, surpris par ce bruit inopiné, se dressa sur son séant. Oui, il se dressa face à un René Blanchard médusé (à la mine cadavérique) qui stoppa net, considérant d'un air inquiet cet œil fixe rivé sur lui. Un regard droit dans les yeux. Un regard sans ambiguïté, comme les animaux (et surtout les énarques) n'en ont que très rarement. Dans le cas des animaux, ce regard franc est annonciateur d'un défi physique. Car une bête n'est féroce que lorsqu'elle se sent forcée ; qu'elle ne peut plus reculer face au danger. Dans ces circonstances, elle est déterminée à charger. Courageusement. Sans calcul. C'est ce dernier point qui la différencie de l'espèce au sang froid susnommée. Blanchard, qui avait eu le réflexe de piler net devant l'obstacle, resta un court instant en équilibre au bord du bourbier. Puis il se mit à reculer dare-dare, à mesure que l'e bestiau s'avançait vers lui, en laissant échapper de sa gueule béante des grognements expressifs. Le féroce animal faisait à présent claquer ses redoutables défenses... Une montée d'adrénaline se rendit alors maître de ce pauvre René. Et le souffreteux oublia, l'espace d'un instant, son engourdissement fébrile. Avec une rapidité insoupçonnée, il parvint à glisser la main droite dans sa poche arrière. Puis, tout en serrant dans sa paume tremblotante le vieux Sauer, cette pièce de collection qu'il tenait de Jean-Toussaint, il en fit coulisser la culasse. Et voici ce qui se produisit alors : au moment précis où la bestiole s'apprêtait à l'éventrer, Blanchard pressa sur la détente. En visant le crâne. À trois reprises. Et à bout portant. Les minuscules projectiles stoppèrent net le phacochère dans son intention belliqueuse. Tout en considérant le cadavre encore frais et titanesque, Blanchard réalisa qu'il revenait de loin. Alors, il se laissa gagner par l'émotion. Et se mit à trembler de plus belle. A frissonner, en fait. Oui, l'idée d'avoir plongé dans la mort le seigneur de ces bois, ce vénérable rescapé de la tuerie automnale, le hantait littéralement. A tel point que le remord se rendit maître de lui. Mais il se dit que l'incident devait servir à quelque chose. Qu'il devait y avoir un sens à tout cela. En proie à une prodigieuse poussée de fièvre, René commença à délirer. Il se mit à voir trouble, à voir double. Comme sous l'emprise de quelque psychotrope. Allez savoir pourquoi, il voulu entrevoir une dernière fois le regard de l'animal. Oui, il voulait revoir cette expression si singulière : menaçante, et intrigante à la fois. Sans doute voulait-il simplement se rassurer. Se dire qu'en définitive, il avait absolument bien fait de tirer. Oui, ce pauvre Blanchard voulait juste se rassurer. Seulement voilà, c'est exactement le contraire qui se produisit. Car il advînt vraiment ceci : tandis qu'il souleva la lourde tête de l'animal, René entrevit, en un éclair, ses yeux encore brillants. Ce regard d'un autre monde, qui dégageait une insoutenable expression d'*humanimalité*. Et surtout, qui dévoilait le vrai visage du mort. Celui d'Antonella. Enfin... C'est en tous cas ce qu'il lui sembla. Mais ce spectacle était pour le moins ambigu. Car cette étrange vision avait des *faux airs* d'Antonella. Oui, elle avait des *faux semblants*. Et elle ne dura que quelques instants. À tel point qu'il était difficile de savoir qui elle mettait en scène. À la vue de ce spectacle effrayant, Blanchard était tout chose. Il se demandait : « et si vraiment ce signe déconcertant avait une valeur prémonitoire ? »

René vivait en Corse depuis relativement peu de temps, en définitive. Toutefois, ayant choisi de vivre en plein cœur de cette île empreinte de mystère, et appréciant la conversation avec des gens qui ont une histoire, il avait eu l'occasion de pénétrer certaines arcanes de cette société souvent médiatisée, rarement comprise. C'est par les anciens du village qu'il avait eu vent de l'existence de ce don de prophéties funèbres, celui qui anime les *mazzeri* depuis la nuit des temps. Voilà pourquoi le misérable prit réellement la mesure de la situation. Et accessoirement ses jambes à son cou. Ce qu'il avait entrevu lui semblait tellement surnaturel, tellement angoissant surtout, qu'il se mit à courir jusqu'à perdre haleine. Jusqu'à se perdre lui-même. Quant il eut enfin repris son souffle, il essaya de se rassurer. En se disant qu'il avait rêvé. Que la fièvre, à un moment où il était particulièrement vulnérable du fait de l'émotion, l'avait littéralement fait délirer. Et avait provoqué en lui un genre d'hallucination. Alors il revint sur ses pas. Tout près de l'endroit fatidique. Et, voyez, le majestueux animal gisait bel et bien dans ce cloaque immonde. Anéanti. Tout comme la belle Antonella le serait bientôt...

Soudain, Blanchard eut comme un flash. Il se souvint que ce genre de funeste présage se réalise généralement dans la nuit qui suit la vision. Il ne lui restait que peu de temps. Sachant à l'avance ce qui devait advenir d'Antonella, le fugitif reprit vaille que vaille la direction de *Petrosu*. Il n'hésita pas à avancer en marche forcée afin de s'y rendre avant le coucher du soleil. Il ne lui restait plus de temps pour tergiverser. Après, il serait trop tard. Or, tandis qu'il déploya cet ultime effort, il eut soudain une bien étrange sensation. Pour la première fois de sa vie, celui qui était connu comme un marginal sympathiquement désoeuvré transcenda sa fatigue. Repoussant toujours plus ses limites physiques, il s'efforçait de hâter le pas. Afin d'arriver à temps. Pour retrouver vivante la seule personne qui pouvait le disculper. Et aussi, il faut bien le dire, pour satisfaire sa curiosité. Car il voulait savoir. Voilà pourquoi il parvint à puiser dans des ressources insoupçonnées. Aiguillonné comme il l'était par ce mystérieux pressentiment Blanchard se lança à corps perdu dans cette chasse à la femme. Une quête quasi-mystique, en réalité. Et voyez : sans comprendre pourquoi ni comment, presque envoûté, René retrouva une vigueur insoupçonnée. Tel un zombie, Blanchard le malingre ignora la fatigue tout au long de cette journée fatidique. Il méprisa la fièvre, la migraine aussi. Et, comme par miracle, il finit par ignorer la soif intense qui le tenaillait.

En réalité, il ne pensait plus qu'à une chose : gagner *Petrosu*, ce village tellement central que nul ne saurait rattacher à quelque entité géographique que ce soit. Ni à une microrégion (le *Boziu* comme le *Cortenais* étant trop éloignés pour l'englober), pas même à une piève. Jadis, il y avait bien *a Pieve di*

Castellu. Du fait de l'exode rural, elle avait fini par tomber aux oubliettes. De sorte qu'à présent, la seule façon de situer ce village pas comme les autres était de se référer à sa situation géographique : si l'on s'en tient à l'axe nord/sud, *Petrosu* constitue le point central de la Corse. À égale distance entre les falaises de *Bunifaziu* et l'extrémité septentrionale de l'île. Les ellipses du compas se recoupent ici même. Au micron. *Petrosu* est donc le centre par excellence. Un lieu riche en symboles, où Blanchard devait absolument parvenir avant l'aube. Sans quoi, la vision ne mentirait pas. Lui réservant quelques aléas dont il se passerait volontiers. Il fallait donc activer. Hormis cela, rien n'avait plus d'importance.

9

Le hasard voulut que le randonneur égaré, au cours d'une exténuante pérégrination (beaucoup plus longue que prévue), échoua aux abords d'une improbable localité nommée « *Petrosu* ». Le hasard, assurément... Mais pas celui qui fait bien les choses !

Ce matin-là, il pleuvait à verse sur cette région qui ne dit pas son nom. Des peaux de sangliers accrochées aux barbelés à intervalles réguliers montraient aux équipes de chasse concurrentes, et accessoirement au touriste de passage qu'ici, on savait se servir d'une escopette. Un ciel zinzolin masquait l'horizon, comme pour recouvrir du voile de la désolation une bien funeste trouvaille... Blanchard le savait trop bien : malgré toute sa bonne volonté (il avait poursuivi sa pénible progression pendant toute la nuit) il était en retard. À cette heure, la mystérieuse prophétie était probablement déjà accomplie. Il pressa le pas, et, une douzaine de peaux de sangliers plus loin, il débarqua enfin en plein cœur de ce village haut perché. À peine débarqué sur place, le ballet des gyrophares le mit dans l'ambiance. Blanchard, qui voulait à la fois se sustenter et savoir ce que signifiait tout ce remue-ménage, se rendit dans l'unique commerce du village : une petite épicerie, faisant aussi office de dépôt de pain. On ne parlait que de « ça ». De cette sidérante nouvelle : on venait de retrouver le cadavre – méconnaissable – d'une femme tout près du village. À propos, la macabre découverte avait eu lieu au lieu nommé « *a fabrica* ». Dans une ancienne carrière de cuivre, désaffectée depuis belle lurette. C'était un berger des environs, qui, alerté par les aboiements inhabituels de son chien, se rendit au petit matin sur les lieux. Il crut un instant que le *cursinu,* qui venait de mettre en fuite une harde de sangliers, s'était mis à l'arrêt devant quelque carcasse de bétail. Mais bientôt, la lueur flavescente de sa lampe torche attira son regard médusé sur un objet beige. Une bottine de femme, maculée de sang.

S'avançant un peu plus, le berger découvrit avec horreur un corps affreusement mutilé. Une charpie informe, que les enquêteurs étaient pour l'instant bien incapables d'identifier. Et pour cause : la malheureuse avait été littéralement déchiquetée. Pas complètement cependant : le courageux *cursinu* était intervenu à temps, avant que le cadavre ne disparaisse complètement. Les pronostics allaient bon train sur une possible identification de la victime. Une victime qui pouvait être blonde et de taille élancée. Un dernier détail, dénué d'ambiguïté celui-là : elle avait les yeux verts. Une nouvelle aussi effarante eut pour effet de jeter la consternation parmi la communauté villageoise. Consternation bien légitime au demeurant. Et mêlée d'un soupçon de méfiance envers l'étranger. Envers le seul et unique *forestieru*, le seul étranger au village...

C'est alors, et seulement alors, que Blanchard réalisa l'incommensurable profondeur de sa méprise. Franchement, quelle idée saugrenue il avait eue ! Arborer la panoplie du parfait *pumataghju*, dans ce village isolé où pas même un touriste égaré ne risquait de s'aventurer (pas en cette saison, en tous cas) était bien la meilleure façon de se faire remarquer. De surcroît, avec son air de déterré et sa barbe de sept jours, René avait tout du vagabond. De l'homme des bois. Du primitif. Une apparence inexcusable, qui faisait de lui un assassin en puissance. Engoncé dans un accoutrement ridicule, Blanchard saisit l'ironie de la situation. À trop vouloir passer inaperçu, tout en lui ne servait qu'à une chose : éveiller les soupçons. Surtout dans un village où tout le monde se connaissait. Et de génération en génération... D'après la rumeur, la brigade de Vezzani était sur les dents. Et, toujours d'après la rumeur, vu sa formidable propension à se montrer dépassée par les événements, des renforts « extérieurs » étaient probablement en route. Le genre de scénario pas franchement idéal quand on fait l'objet d'un avis de recherche. Malgré l'adversité, le fugitif arborait un sourire béat. Comme pour illustrer le fait que l'excès de malchance rend gai. Sans se laisser démonter, le vagabond fit l'emplette d'un monticule de provisions, toutes celles qu'il pu s'offrir en nettoyant son porte-monnaie rachitique, et les casa sommairement dans son sac à dos. Puis il s'éclipsa sans demander son reste. Un peu trop hâtivement au goût de certains. Dévoilant à la face de tout le canton son indéniable culpabilité. Dans sa retraite maladroite, au moins le malheureux eut la perspicacité de bifurquer à travers bois. Afin de rester à couvert. Après tout, ne venait-il pas de découvrir un insoupçonnable itinéraire ? Où les pandores, même avec leurs 4X4 flambants neufs (remplaçant avantageusement les ridicules 4 L dont la maréchaussée était encore affublée il n'y a pas si longtemps que ça) ne sauraient s'aventurer. Assurément, les heureux passagers d'un véhicule bleu roi préfèreraient l'attendre « au propre ». Et le débusquer aux abords de quelque vicinale bien dégagée, bordée de maquis ras. Ou mieux encore : tout près d'un point stratégique. Comme l'un des rares ponts qui enjambent le *Tavignanu*. Blanchard s'immergea dans l'épaisse forêt, qu'un ciel d'encre pâle rendait particulièrement lugubre. Qu'à cela ne tienne : en dépit d'un état fébrile, il s'était familiarisé avec cette nature sauvage durant une semaine entière. Maintenant que la fièvre était tombée, il tiendrait bien compagnie à ces mystérieux *razzoni* quelques jours de plus. En tous cas, il était bien décidé à tenter sa chance, selon ce que lui accorderait la providence d'une part, et les inexorables limites de son panier à provisions d'autre part.

Alors le misérable s'engouffra bel et bien dans cette verticalité salutaire. Se faufilant parmi ces épais taillis qu'on ne pouvait franchir qu'en marchant (en crapahutant, plus exactement). Ce maquis dense, infranchissable avec n'importe quel engin de locomotion, même pourvu de crampons ou de chenilles, constituant, René le savait fort bien, son seul atout. Un atout insignifiant, mais qu'il était bien décidé à jouer, tentant crânement sa chance. Quelque chose en lui refusait d'abdiquer. Il voulait bien se faire cravater, mais pas maintenant. Pas sans avoir accompli sa quête. Consistant à découvrir ce qu'il pouvait bien y avoir d'intéressant « entre un îlot rocheux et une falaise albâtre ». Pour l'instant, ce qu'on venait d'y exhumer – un cadavre en charpie, celui d'une femme aux yeux verts – ne faisait pas vraiment son affaire. Bien qu'épuisé de ses pérégrinations, René s'attaqua au relief vertical. Armé d'une volonté farouche. En dépit de la fatigue accumulée au cours des derniers jours, et de cette nuit harassante, il avait de l'énergie à revendre. Peut-être parce qu'il sentait monter en lui une indicible rage. Une irrésistible envie de rester libre assez longtemps pour percer le mystère. Il se battrait coûte que coûte pour comprendre. Eventuellement prouver sa bonne foi. Et c'est probablement de là qu'il puisait son énergie. Celle du désespoir.

10

Depuis son promontoire, René scrutait le fleuve, en contrebas. Le *Tavignanu*, chargé des fortes pluies d'hiver (renforcées par la fonte des neiges), charriait des torrents de boue. L'attention du fugitif se concentra sur les abords d'un vieux pont génois, car il semblait fermé à la circulation. La précieuse carte révéla son nom. Un nom pittoresque au demeurant : le *Ponte Ghjenuvese*. Et qui sonnait comme un précieux sésame. « Ce pont oublié, c'est ma seule chance de franchir le fleuve », se dit soudain, avec force de persuasion (comme pour s'en convaincre lui-même) le voyageur harassé. Mais bientôt cette idée lui parut ridicule. Tant il est vrai que les condés, qui n'avaient en tout et pour tout que trois ponts à surveiller pour quadriller la zone, auraient été bien mal avisés d'en négliger un, fut-il interdit aux voitures. Après tout, ils recherchaient un abominable homme des bois, parfait prototype du chasseur-cueilleur de l'âge du bronze. Et pas un automobiliste bien comme il faut. Convaincu que l'endroit faisait forcément l'objet d'une surveillance renforcée, René Blanchard, plus dépité que jamais, dut alors se rendre à l'évidence : s'il voulait franchir le fleuve sans risque de se faire prendre, alors ce serait dans la fraîcheur de la nuit. Et à gué ! A la vue de cette eau sombre et glacée, Blanchard hésitait. Il se doutait bien qu'il aurait pied, mais il ne voyait pas le fond de la rivière. L'arrogance de ces flots tumultueux l'angoissait. Et pourtant, le malheureux, qui voulait plus que tout éviter de se faire cravater, réalisa qu'il n'avait pas vraiment le choix. Il devrait se jeter à l'eau. Qu'il le veuille ou non, cette solution semblait s'imposer. Par dépit. Mais d'abord, René désira se rendre dans ce vieux *pagliaghju* qui lui tendait les bras. Il était à bout de forces, et souhaitait se reposer un peu avant d'affronter les flots tumultueux. Or, cet abri de fortune, accroché à un rocher providentiel, constituait une cachette inespérée. Abrité du redoutable *muntese*. En outre, il offrait une vue imprenable sur la vallée du *Tavignanu*. Ce qui ne gâchait rien.

Et il advint, tandis que René pénétra dans le pagliaghju, qu'il fut tout à coup intrigué par un enchevêtrement de bruits étranges. Un inquiétant vacarme : l'unique volet de la cabane se mit soudain à claquer. À claquer de plus en plus fort, à mesure que le randonneur s'avançait. Le visiteur marqua une pause. Le volet aussi. Et voici ce qui arriva vraiment :

chaque fois que ce pauvre Blanchard bougeait, se raclait la gorge ou interpellait, le volet se mettait à claquer. Mais quant il observait un parfait silence, le volet s'immobilisait. Comme par enchantement. N'y tenant plus, René empoigna fermement le vieux Sauer. Subrepticement, il fit glisser une balle dans le canon. Et qu'importe si la vieille pétoire ne lui semblait d'aucun secours face à ce phénomène inexpliqué : flanqué de son escopette, Blanchard retrouvait une contenance. Alors, il s'enhardit à poursuivre sa progression en plein cœur de l'antre. Lorsqu'enfin il s'avança suffisamment pour scruter l'intérieur de la bâtisse sombre et exigüe, il ne remarqua rien d'anormal. Rien d'autre qu'un âtre noirci de suif, avec de part et d'autre deux étagères creusées dans la pierre. À propos, les murs pouvaient avoisiner un mètre cinquante de largeur. Soudain, en un éclair, le volet s'ouvrit brusquement. Blanchard, médusé, eut juste le temps d'apercevoir le mystérieux locataire s'enfuir précipitamment. Une magnifique chouette effraie !

A peine remis de ses émotions, René renonça à un repos bien mérité. Vu son état d'épuisement, se reposer quelques instants revenait à se jeter corps et âme dans les bras de Morphée. Et pour un bon moment. Or, il y avait urgence car bientôt, la zone serait quadrillée. La nuit portant conseil, René décida de longer le fleuve en amont (en direction de *Venacu*) afin de trouver l'endroit propice au franchissement. Il marcherait ainsi jusqu'au lac de *Ninu* s'il le fallait. Après bien des efforts, le randonneur exténué finit par repérer un gué qui semblait praticable. C'était à quelques encablures du *Ponte Ghjenuvese*. À quelques encablures seulement. Mais vu son état d'épuisement, Blanchard envisagea ce qu'il avait évité jusqu'à présent : de l'auto-stop. C'était déjà beaucoup...

11

– Et où vous allez, comme ça ?
– Euh... On va dire Bastia.
– Bastia ? Désolé. Pas du tout ma route.
– Mais... Vous pouvez peut-être m'avancer ?
– Jusqu'à quel endroit ?
– Ben... Si vous pouviez me déposer aux abords de la route nationale...
– Allez, montez. Je peux quand même pas vous laisser en plan. Surtout dans l'état où vous êtes.
– Merci.

(Le souffreteux prend alors place dans un Lada Niva hors d'âge. Il croise le regard oblique du chauffeur. Une armoire à glace. Au bout d'un quart de siècle, ce dernier se décide à engager la conversation).

– Alors comme ça, votre voiture est en panne ?
– J'ai pas de voiture.
– Ah bon ?! Pourtant, quand je vous ai vu en plein milieu de la route en train d'agiter les bras, j'ai tout de suite pensé que vous étiez tombé en panne.
– Non. Je suis à pied.
– A pied ? Mais que faisiez-vous dans la *machja* ?
– Rien de spécial. Je voulais juste rentrer chez

moi. (Soupir ; claquement de dents). J'ai froid...

– Pas étonnant. Vous êtes trempé.

– ...

– Qu'est-ce qui vous est arrivé, pour que vous soyez dans un état pareil ?

– Ben... Je longeais le fleuve. Il faisait nuit. Alors j'ai glissé. Je suis tombé dans l'eau.

– Où ça ?

– Là, pas très loin du pont génois. J'ai vu un petit camping. Et juste derrière, un passage à gué.

– Je connais l'endroit. Il y a aussi un bac.

– Un bac ?

– Oui, un radeau relié à un treuil. C'est le gars du camping qui a installé ça. Pour pouvoir traverser à pied sec. Vous n'avez pas vu l'embarcation ?

– Hélas non... Il faisait tellement noir. J'ai rien vu. Sinon, vous pensez bien, je ne me serais pas mis dans cet état.

– Ça alors... C'est vraiment pas de chance.

– On me le dit souvent. Je n'ai *jamais* de chance.

– ...

– ...

– Et vous comptez rentrer en stop comme ça, alors que vous êtes trempé jusqu'aux os ?

– Bien obligé.

– Ma parole, mais vous allez attraper la mort !

– Possible. J'ai l'impression qu'elle me poursuit, ces derniers temps. Mais avant ça, j'aurai encore quelques affaires à régler. Alors j'espère encore lui échapper.

– ... (Le pauvre type... Il est en pleine dépression).

– Vous m'avancez jusqu'à la nationale ?

– Croyez-moi, ça me fait peine de vous voir dans cet état. Mais je ne vais pas pouvoir vous remonter jusqu'à Bastia. Ce n'est pas du tout ma route ! (Silence embarrassé) Maintenant, si vous avez besoin de téléphoner... (Le sympathique automobiliste sort de sa poche un téléphone portable; il tend l'appareil au passager grelottant et dégoulinant à souhait). Tenez, c'est un Iphone. Une vieille version, mais il est encore neuf (sourire entendu).

– Merci... (Sans relever le jeu de mots, René compose le numéro d'un bon Samaritain de sa connaissance. Mais les réseaux sont précaires, et l'attente interminable. René claque des dents. Il commence à éternuer).

– Alors ?

– Toujours rien.

– Pffft... C'est toujours quant on a besoin d'eux que les gens sont absents.

– Absent, je ne pense pas. Mon voisin, il est juste sourd comme un pot. Dès qu'il se trouve à plus de deux mètres du séjour, il n'entend plus le téléphone.

– Et vous n'avez pas d'autres voisins ?

– Si. Mais j'ai dû noter leur numéro dans mon carnet d'adresse. Avec mon bol, il doit être transformé en carton pâte... (Le pathétique geignard sort méticuleusement un vieux grimoire de la poche intérieure de son blouson. Il frissonne de plus belle).

– C'est « ça » votre agenda ?

– Hélas oui.

– Mais il est tout trempé.

– Comme moi (nouvelle série d'éternuements).

– Alors ?

– Ça aurait pu être pire. L'encre a bien tenu.

– Tant mieux. Si un proche ou un voisin pouvait venir vous chercher, il y a des chances pour que vous échappiez à la pneumonie...

– J'espère (nouvel éternuement).

Bon, j'essaie de rappeler. (Silence interminable entrecoupé de claquements de dents.)

– Toujours absent ?

– J'en ai bien peur..... Pourtant, d'habitude il est toujours chez lui.

– Décidément, vous n'avez pas de chance.

– Je sais. C'est même ma principale caractéris... (Abasourdi par l'effet de surprise, René scrute fixement l'écran du téléphone portable).

– Quelque chose ne va pas ?

– Si. Mais… Comment ça se fait-il que...

– Que quoi ?

– Alors là, je ne comprends pas...

– Qu'est-ce qu'il se passe, à la fin ?

– Ben... Quand j'ai composé le numéro de mon voisin, son nom s'est affiché sur l'écran. C'est bizarre, vous ne trouvez pas ?

– Vous alors, le moins que l'on puisse dire c'est

que vous n'êtes pas accro aux nouvelles technologies. Ça fait longtemps que vous n'êtes pas sorti de votre bois ?

– ... (Il doit croire que je sors de tôle).

– Je vous explique : si le nom de votre voisin s'affiche lorsque vous composez le numéro, c'est qu'il est enregistré dans mon répertoire électronique. Vous savez bien qu'ici, tout le monde ou presque se connaît. D'ailleurs, j'ai hâte de voir de qui il s'agit... (L'automobiliste s'empare alors de son téléphone portable, sous les yeux d'un René Blanchard médusé).

– Tiens ! Elle est bien bonne, celle-là ! Alors comme ça tu connais Jean-Toussaint ?

– Bien sûr. Il habite à deux pas de chez moi.

– Et comment se porte-t-il ?

– Depuis la mort d'Anghjula, il ne sort plus beaucoup. Mais à part ça, il se maintient... Toujours bon pied bon œil. Il chasse encore le merle.

– Je vois... Et le grand Saveriu ?

– Égal à lui-même : pas très bavard. Mais toujours prêt à rendre service. Surtout quand ça sent le souffre.

– Là, je vois que vous le connaissez bien. Ce portrait, c'est lui tout craché.

– Ça y est. J'aperçois la nationale. Vous pourriez

me déposer là, à l'intersection.

– Non !

– Et pourquoi ?

– Parce que je ne veux pas que tu attrapes la mort.

– Ah bon...

– Et parce que je compte bien te ramener chez toi avant que tu finisses en glaçon ! Déjà que tu n'arrêtes pas de claquer des dents, alors si en plus je te laisse au bord de la route… Avec le temps qu'il fait, on va finir par te ramasser à la petite cuillère.

– Au point où j'en suis. Je crois que de toute façon je finirai par me faire ramasser.

– Qu'est-ce que tu veux dire par là ?

– Je me comprends...

– …

– Vaudrait mieux me laisser ici. J'ai pas mal d'histoires, en ce moment. Alors si les flics nous arrêtent... Ça pourrait m'attirer des ennuis. À vous aussi, d'ailleurs.

– Ça, je l'avais bien compris.

– Depuis quand ?

– Depuis le début.

– Ah...

– Mais rassure-toi, mon garçon, ça ne change rien. J'ai dit que je te ramenais à la maison, et je le ferai. C'est quand même pas les flics qui vont m'empêcher de rendre service, quand même ! Surtout si tu es ami avec Jean-Toussaint.

– ...

– Allez, t'inquiètes. Vu où je vais passer, tu peux être tranquille : on risque pas de croiser le moindre poulet. Ou alors, empaillé. Au fait, t'as rien contre le crabotage ?

– C'est quoi ?

– Laisse tomber. Mais tu ferais bien d'attacher ta ceinture. Tu comprends, je voudrais pas me rendre passible d'une infraction au code de la route (sourire entendu).

Et c'est ainsi que le voyageur égaré termina son voyage comme il l'avait commencé : en claquant des dents. De peur, cette fois.

12

– René : Puisque c'est comme ça, j'irai me livrer !

– Jean-Toussaint : Te livrer ? (Regard incrédule).

– René : Parfaitement ! Demain à l'aube, je me rendrai à la gendarmerie.

– Saveriu (en soupirant) : N'importe quoi...

– Jean-Toussaint : *Avà ?* Et pourquoi tu ferais une chose pareille ?

– René : Parce que c'est mon devoir. Et d'abord, c'est toujours pas en me cachant que je pourrais prouver ma bonne foi. Bien au contraire...

– Jean-Toussaint (s'adressant à son fils) : Dans le fond, il a pas tort, le petit. Dans sa situation, la meilleure chose à faire, c'est encore d'aller s'expliquer.

– Saveriu (se tournant vers Blanchard en prenant un ton faussement détaché) : Fais comme bon te semble, René. Mais si tu veux te faire coffrer, tu serais bien inspiré d'attendre un peu. Jusqu'à dimanche, par exemple...

– René : Pourquoi attendre dimanche ? Honnêtement, quelques jours de plus ou de moins, je ne vois pas ce que ça pourrait changer. Le plus tôt est le mieux.

– Jean-Toussaint (jouant le mystère) : Détrompe-toi, petit. Dimanche, c'est la fermeture de la chasse. Et ça, si tu veux mon avis, ça change sacrément la donne !

– René : Franchement, je ne vois pas le rapport avec la fermeture de la chasse ! Vous alors, vous avez de ces idées.

– Saveriu (se tournant vers le Babbu, comme s'il était soudain pris d'un doute affreux) : À propos, j'espère que Robert sera pas de *perm'* ce jour-là...

– René (s'immisçant dans un aparté qui ne lui était visiblement pas destiné) : Robert ? Mais qui est ce Robert ?

– Saveriu (évasif) : Oh, c'en est un de la maison poulaga.

– Jean-Toussaint : Un sportif, et pas des moindres... (Mimique espiègle, évoquant un lever de coude tout ce qu'il y a de plus sportif).

– Saveriu : Tu sais, c'est le grand moustachu qui passe souvent au *caffè*. Même qu'à mon avis, il est pas prêt de l'avoir, la *prom'*. (Pause rhétorique) Alors ? Tu vois qui c'est maintenant ?

– René (faisant mine de chercher) : Un grand moustachu ? Ça m'avance pas beaucoup. À la brigade, j'ai l'impression qu'ils sont tous moustachus.

– Saveriu (commençant à s'escagasser) : Mais si, tu sais bien ! Celui qui donne du jambon au chien.

– René (tentant vainement d'acquiescer) : Ah...

– Jean-Toussaint (coupant sèchement la parole) : Quoi ? Il donne du jambon au chien ?

– Saveriu : Euh... Ça lui est arrivé, oui.

– Jean-Toussaint : Mais du jambon français alors ?

– Saveriu : *Innò* ! Du prisuttu de chez Albertini. Celui qu'on met dans les sandwiches corses. Même qu'une fois il lui a donné une tranche entière ! Et pas seulement le gras.

– Jean-Toussaint (prenant un air réprobateur) : Donner du *prisuttu* au chien... C'est bien un truc de *pinz'* !

– Saveriu : Sauf qu'en attendant, il t'a bien *rousté* aux cartes, le Robert !

– Jean-Toussaint : Et alors ? Pour une fois qu'on misait pas des sous, qu'est-ce que j'en avais à faire, de le laisser gagner ?

– Saveriu (affichant une mine incrédule) : Ah ? Parce que si je t'écoute, c'est toi qui l'as laissé gagner ?

– Jean-Toussaint : Et pourquoi pas ? Va savoir s'il se doute pas de quelque chose, pour la cagnotte. Alors... Si on veut continuer à jouer des sous... Et de toute façon, je fais ce que je veux. Toi, tu lui laisses bien donner du jambon au chien...

– Saveriu : C'est sûr, le Robert, vaut mieux l'avoir à la bonne. Dans le fond, t'as eu raison de le laisser gagner.

– Jean-Toussaint : Evidemment qu'il faut le bichonner. Mais quand même... La prochaine fois qu'il commande un sandwiche, sers-lui du jambon français !

– Saveriu : Bon, c'est bien gentil tout ça. Mais ça me dit pas s'il sera de permanence pour la fermeture. Parce que si c'est lui, ça change le programme. Quand même, c'est un fidèle client. On peut pas lui faire une vacherie pareille.

– Jean-Toussaint : Sois tranquille, fiston. Ce jour-là, ils en profitent pour bizuter leurs bleus. Une occasion pareille, ils vont pas la laisser passer.

– René (partagé entre inquiétude et étonnement) : Mais... Et il se passe quoi, au juste, ce jour là ?

– Jean-Toussaint : Rien, tu verras, rien de bien méchant.

– René : Ça veut dire quoi, rien de bien méchant ?

– Jean-Toussaint : Tu sais, dans les villages, on n'a pas beaucoup de distractions, alors... Un rien nous amuse !

– Saveriu (espiègle) : Surtout la chasse à la bécasse.

– René : La chasse à la bécasse ?

– Jean-Toussaint (encore plus espiègle) : Oui. Sauf que le dernier jour c'est un peu spécial. On appelle ça la chasse aux poulets.

– René (de plus en plus effaré) : Pardon ? Vous ne voulez quand même pas me dire que...

– Saveriu (lui coupant sèchement la parole) : Si !

– Jean-Toussaint (prenant un air amusé) : Franchement, l'an dernier, j'ai jamais vu tant de monde dans la combe. Il devait bien y avoir tous les gars du village !

– Saveriu : Et même ceux des villages alentours, qui n'ont pas la chance d'avoir une gendarmerie rien que pour eux.

– Jean-Toussaint : C'est vrai que l'année dernière, ça a drainé du monde.

– Saveriu : Cette ambiance de Ball-trap, c'était trop mac. Un vrai chamboule tuiles, que c'était !

– René (feignant de ne pas comprendre) : Mais... ça veut dire quoi, au juste le « chamboule tuiles » ?

– Jean-Toussaint : Ça veut dire que nous, on se met tous dans la passe à bécasse, et comme c'est le dernier jour on en profite. On épuise toutes nos munitions.

– Saveriu (hilare) : Sauf qu'après, les gamins comptent les tuiles cassées.

– Jean-Toussaint : Cassées par inadvertance.

– René (estomaqué) : Vous êtes en train de me dire que... C'est quand même pas celles de la gendarmerie ?!!!

– Saveriu (réprobateur) : Ben quoi ? C'est quand même pas de notre faute s'ils l'ont construite juste en dessous de la passe à bécasses, non ?!

– René (estomaqué) : Mais c'est...

– Saveriu : C'est notre droit ! Nous, on exerce notre droit de chasse jusqu'au dernier jour de la période d'ouverture.

– Jean-Toussaint : Et on le fait en respectant la distance réglementaire. Plus de deux cent mètres à partir des habitations. Ils peuvent rien dire, j'ai tout vérifié.

– Saveriu : Alors... C'est quand même pas notre faute si nos escopettes ont une portée dix fois plus longue.

– Jean-Toussaint : N'importe comment, c'est rien que des plombs. Ça peut pas être méchant.

– Saveriu : Tout au plus, ça fait travailler les couvreurs du coin. Et encore... *Ranciconi* comme ils sont, ils sont encore fichus de pas les remplacer, les tuiles cassées.

– René : Vous alors, vous êtes d'une rare incivilité.

– Jean-Toussaint : Et en plus, on a toujours raison. Alors petit, si tu veux un conseil, attends jusqu'à dimanche pour rendre visite à la maison poulaga. Parce qu'avec la partie de chasse qu'on leur prépare, il va y avoir de l'animation !

– Saveriu (ironique) : Nous au moins, on sait y faire avec les volatiles. Et par les temps qui courent, il vaut mieux prendre des mesures radicales contre la grippe aviaire.

– René (incrédule) : Mais c'est du grand n'importe quoi. En plus, je ne sais même pas pourquoi je vous écoute : ça marchera jamais, votre truc.

– Saveriu : Ah bon ? Et pourquoi ça marcherait

pas ?

– René : Parce que d'après ce que vous dites, vous leur faites le même coup tous les ans. Ils sont quand même pas bêtes, non plus. Ils connaissent la feinte.

– Saveriu : C'est justement parce qu'ils connaissent la feinte que ce jour-là les vieux de la vieille prendront leur perm'. Et tu verras, comme tous les ans, seules les jeunes recrues seront de service. Et vu qu'elles seront un peu affolées par nos salves d'artillerie, au moins tu auras une chance de les berner.

– Jean-Toussaint : Tu sais, le chamboule tuiles, c'est juste un amusement comme un autre. Et puis après coup, ils relativisent. Va savoir, si ça se trouve, ça les fait autant marrer qu'à nous.

– Saveriu : Alors si tu veux être de la fête, tu fais ce que tu as à faire. Vas donc te livrer comme tu l'as prévu. Comme ça au moins tu as rien à te reprocher. Assure-toi que les condés ont bien noté ta déposition. Et surtout, laisse les bien mariner.

– Jean-Toussaint : Tu verras, quand les soiffards d'en bas se mettront à réclamer ta libération, cette après-midi enjôleuse prendra fin plus vite que prévu.

– René : Vous alors, c'est pas la peur du gendarme qui vous étouffe.

– Saveriu (pince sans rire) : La seule crainte qui nous reste – et elle est légitime – c'est de pas les écraser quand on rentre du bar !

– Jean-Toussaint (autoritaire) : Assez parlé, les jeunes. On est en train de s'égarer ! Et pour un bon moment, à mon avis. (Pause rhétorique, comme pour marquer la gravité du propos qui va suivre. Le patriarche lance alors un regard furtif vers son bodybuildé de fiston. Lequel vrille à son tour un œil noir sur ce pauvre Blanchard tout ébaubi). Alors petit, qu'est-ce que tu décides ?

– René : Euh...

– Saveriu (austère) : Alors ? C'est oui ou c'est non ?

– René (feignant de dissimuler son hésitation) : C'est... C'est oui. De toute façon, au point où j'en suis, je n'ai plus vraiment le choix.

– Saveriu : Si. Il te reste celui de pendre le taureau par les cornes. D'affronter la situation.

– René : Certes. Et vous croyez que c'est une attitude totalement irresponsable, et incivique par-dessus le marché, qui va régler mes problèmes ?

– Jean-Toussaint : On ne sait jamais, petit, on ne sait jamais ! Tu sais, le simple fait de te rendre à la gendarmerie peut suspendre les recherches contre toi. Au moins pendant un certain temps. C'est toujours ça de gagné.

– Saveriu : Et puis tu verras, au chamboule tuiles, tout le monde s'amuse. Même que toi, tu seras aux premières loges. Un spectateur privilégié !

– Jean-Toussaint : Après tu nous raconteras, hein ?

– René : Si j'en prends pas pour perpète. Parce que votre combine foireuse risque bien d'aggraver mon cas.

– Saveriu : Tu m'as l'air un peu anxieux, on dirait. Dis, tu dors bien, en ce moment ?

– René : Anxieux ? Non. Je dis simplement que cette plaisanterie douteuse ne sera pas du goût de tout le monde.

– Jean-Toussaint : Fallait y penser avant ! Maintenant que ta décision est prise, changer d'avis serait la pire des choses.

– René : Et pourquoi ?

– Jean-Toussaint : Parce que tu le regretterais. Tu serais constamment à te demander ce qui se serait passé si tu avais écouté ta première intuition.

– Saveriu : Et si tu te souviens bien, jusqu'à présent, tu n'as pas trop à te plaindre d'avoir suivi nos conseils.

– Jean-Toussaint : Il a raison, le fiston. Tu nous aurais pas écouté, tu serais encore dans la mouscaille jusqu'au cou. Tandis que là... Bon, c'est pas la gloire, mais ça pourrait être pire. C'est vrai ou c'est pas vrai ?

– René : Vous, vous êtes toujours aussi tenaces, je vois.

– Saveriu : *Umbè* ?

– René : Bah, vous avez peut-être raison. Allons-y pour le chamboule tuiles... Mais mollo, hein ! Pas de mauvaise blague. J'ai pas vraiment besoin de ça en ce moment.

13

– Vous ici, Cher Commissaire ?

– Eh oui, Blanchard. Qu'est-ce que vous croyez ??! Faut pas me prendre pour un nain !

– Loin de moi cette pensée, Monsieur le Divisionnaire (sourire ambigu). Quel bon vent vous amène ?

– Simple visite de courtoisie.

– Toute cette route juste pour me prendre de mes nouvelles ? Franchement, fallait pas.

– C'est pas parce que les recherches à votre encontre sont suspendues que j'ai pas le droit de m'intéresser à vous. D'autant plus que *mon* enquête peut servir à *vous* disculper, Blanchard. C'est moi qui ai les cartes en main. N'oubliez jamais ça !

– Mais, je suis à votre entière disposition, Monsieur le Commissaire. Surtout si vous êtes venu spécialement pour me disculper. Alors ? Que voulez-vous savoir ? (Hochement de tête interrogatif et conquérant à la fois. René est sur son territoire, et il le fait savoir).

– Pour la veuve noire... Vous avez du nouveau ?

– Et vous ? C'est un peu votre travail, il me

semble ? Au fait, comment avance l'enquête ?

– Au ralenti. On dispose juste de quelques éléments.

– Lesquels ?

– Pour l'instant pas grand-chose. Un bout de barbaque par-ci par-là. Mais à part ça...

– Un bout de barbaque ?!

– Oui, une bouillie d'os broyés et de chairs exsangues. Qui pourrait bien avoir appartenu à la disparue.

– Passionnant. Et qu'attendez-vous de moi, au juste ? Que j'aille voir le légiste ?

– Pour la viande, ça risque d'être compliqué. Mais en ce qui concerne ses effets personnels, je me suis dit que vous pourriez nous être utile. Pour l'identification.

– Quels effets personnels ?

– Ce foulard, par exemple. Il vous dit quelque chose ?

– Vaguement... Mais comme la bimbo ne portait jamais les mêmes fringues...

– Mais quand même. Vous devez bien vous souvenir si ça lui appartenait ou pas. (Froncement de sourcils). Alors ? C'était à elle, ou c'était pas à elle ?

– Possible. Comme je viens de vous le dire, elle en avait tellement que je ne peux pas être catégorique. Ceci dit, du Nina Ricci, ça serait bien son style.

– D'accord. (Sourire sympathique du bien nommé « Lagarce », chez qui la convivialité n'est jamais gratuite) Et cette alliance, elle vous dit quelque chose ? Vous avez vu ? L'intérieur est gravé de deux « A » enlacés. Deux prénoms commençant par la lettre « A ». Comme Antonella et Arno.

– Cette alliance, je la reconnais. La veuve la portait constamment. Mais pas à l'annulaire.

– C'est-à-dire ?

– À la mort d'Arno, Antonella s'est mise à la porter en pendentif.

– Ça corrobore ! On a retrouvé cette bague montée sur une chaîne en or. Heureusement d'ailleurs : les doigts de la malheureuse avaient été croqués...

– Quelle horreur !

– Surtout lorsqu'il s'agit de comparer les empreintes. Ça bouffe tout, ces berstioles. Si elle avait porté son alliance à l'annulaire, ils l'auraient gobée.

– Mais c'est terrible !

– Surtout pour vous ! Antonella disparue, ça fait de vous le seul suspect vivant dans cette affaire. Un suspect passible des Assises...

– Mais qui vous dit que c'était bien Antonella ?

– Son alliance, pardi ! C'est vous-même qui venez de l'identifier.

– C'est bien son alliance, je vous l'accorde. Mais ça ne prouve rien. N'importe qui aurait pu passer ça autour du cou. Elle veut se faire passer pour morte.

Alors que si ça se trouve, la belle toscane court toujours. Elle est maligne, vous savez.

– Vous alors, vous avez les idées fixes !

– ...

– Enfin Blanchard ! Quand cesserez-vous de vous accrocher à ce vain espoir ? Antonella est morte, et bien morte ! Et que vous le vouliez ou non, il ne reste plus que *vous* pour porter le chapeau. Et s'il était encore besoin d'une preuve supplémentaire, la voici : on a aussi retrouvé ce pendentif au cou de la morte. Vous le reconnaissez ?

– Le bijou aztèque ? Bien sur que oui, c'était son collier fétiche. Antonella ne s'en séparait jamais.

– Ainsi que vous en conviendrez, son décès ne fait plus aucun doute. En conséquence, vous êtes désormais le seul en ligne de mire de la justice.

– ...

– Mais porter le chapeau, c'est votre rôle favori, non ?

– C'est *vous*, Monsieur le Commissaire, qui voulez me réduire à cette fonction. Et vous savez pourquoi ? Parce qu'une fois de plus, vous rechignez à mener l'investigation jusqu'au bout. Seulement voilà, je suis pas certain que l'opinion partagera cet avis.

– Je vois... Vous essayez de me coller la pression en utilisant vos copains journalistes. C'est mesquin. Mais autant vous prévenir : ce petit jeu là, ça ne marche pas à tous les coups.

– L'article consécutif à la mort de Di Matteo vous a marqué, je vois...

– J'ignore ce que vous leur avez fait, à ces journaleux, mais visiblement ils vous aiment bien !

– Et vous pas trop, on dirait.

– Ils ne sont pas les seuls à faire du racisme anti flics. Mais vous me le ferez pas deux fois ! Puisque c'est comme ça, on va tout passer en revue ! (Le petit commissaire dévoile le contenu de sa sacoche. Une paire de bottines beiges enveloppées dans une poche en plastique. Elles sont maculées de sang).

– ...

– Et ça, ça vous rappelle quelque chose ? Pas très ragoûtantes, je vous l'accorde. Mais à l'origine ces bottines étaient de belle facture. En direct d'Italie, des pompes comme ça, ça doit pas être donné. Exactement le genre de la donzelle, pas vrai ?

– Possible. Je pourrais les voir de plus près ?

– Regardez tant que vous voulez, mais par pitié ne touchez à rien. Vous êtes déjà assez suspect comme ça, inutile d'en rajouter.

– Merci pour vos précieux conseils, Commissaire. Dommage qu'à vos yeux je sois le seul et unique suspect.

– Remarquez, nous avons des preuves attestant que d'autres que vous ont pris part à ce meurtre sordide.

– Ah bon ?

– Et je peux vous dire, les empreintes relevées

sur les croquenots sont celles de groins mêmes pas fichés au grand banditisme !

– Très drôle...

– Ce qui est moins drôle, c'est qu'hormis les phaco-chères vous êtes à ce jour le seul suspect identifié.

– ...

– N'empêche, quelle classe, le style *via Firenze* !

– Faites voir. (Blanchard inspecte méticuleusement la bottine. Elle est pleine de traces de sang séché).

– Quand on l'a retrouvée, l'heureuse propriétaire des escarpins était pratiquement cul-de-jatte.

– C'est affreux...

– Pour ne pas dire épouvantable. Pour tout dire, l'expression « cul-de-jatte » est un euphémisme. A la fin de la dégustation, la donzelle était plutôt du genre femme tronc, si ça peut vous donner une idée.

– Merci pour l'image. Très instructif.

– Eh oui, que voulez-vous. Ça a de l'appétit, ces bestioles. Ça aime la viande...

– ...

– Alors ? C'est quand même dommage de donner de la camelote pareille aux cochons, vous ne trouvez pas ? Je suis sûr qu'elles valaient une petite fortune. Exactement le genre d'effets qu'affectionnait la belle toscane, pas vrai ?

– Désolé de vous décevoir, Commissaire.

(sourire vainqueur)

– Plaît-il ?

– Ces chaussures, c'est bien son style. Mais il y a un détail qui cloche.

– Lequel ?

– Son mari, vous savez, le défunt Arno, qui fut un temps mon employeur...

– (Lagarce coupe la parole d'un ton agacé) Bon, je connais déjà l'histoire, et je ne vois pas ce qu'il vient faire là, son pauvre mari. Alors n'essayez pas de m'engourdir. Et allez droit au but, je vous prie !

– Arno avait coutume d'offrir à sa femme des montagnes de chaussures. Chaque fois qu'il rentrait d'Italie, il lui ramenait des montagnes d'escarpins. Des pleins placards, elle devait en avoir.

– Oui, et alors ?

– Et alors j'étais bien placé pour voir la camelote qu'il lui ramenait. Vu qu'en général, c'est moi qui écopais des paquets cadeau. Et je peux vous dire une chose...

– Laquelle ? (Mimiques trahissant l'impatience).

– Ces bottines, c'était pas sa pointure. Ça, c'est du 38. La plantureuse chaussait du 41, au pire du 42.

– V'là autre chose ! Vous êtes sûr de vous, au moins ?

– Absolument certain. Chaque fois qu'il fallait faire les paquets cadeaux, c'est moi qui m'y collais.

– C'est bon, je sais !

– Alors Commissaire ? Trois pointures d'écart,

vous croyez vraiment que ça peut être la même personne ?

– Donc, si je vous suis bien, le cadavre retrouvé dans l'ancienne mine de cuivre tout près de Pietroso n'est pas celui d'Antonella. Et la veuve noire, la vraie, celle qui chausse du 42 fillette, elle court toujours. C'est bien ça ?

– Absolument.

– (S'emportant vivement). Et elle est passée où, cette Berthe aux grands pieds, si c'est pas elle qu'a nourri les cochons ?

– C'est toute la question. Cela dit, une chose est sûre...

– Dites toujours.

– C'est elle qui tire les ficelles.

– Vous dites ça parce que ça vous arrange !

– Non. Les faits me donnent raison.

– Quels faits ?

– Voyons Commissaire, ce qui est dit dans la lettre.

– Quoi « la lettre » ?

– Ben, celle qu'Antonella avait postée juste avant sa disparition.

– J'avais compris. Et alors ? Qu'est-ce qu'elle dit de plus, cette lettre ? À force de le lire en long en large et en travers, ce fichu bout de papier va finir par vous coller la berlue.

– Ce fichu bout de papier, comme vous dîtes, contient exactement les renseignements nécessaires pour que le coupable idéal se trouve là où il n'aurait jamais dû être. Au pire moment, de préférence.

– Là, j'avoue que j'ai du mal à vous suivre...

– Vous savez, l'image poétique, où il est question d'un îlot rocheux et d'une falaise albâtre.

– Oui, et alors ?

– Et alors il se trouve qu'Antonella – qui me connaissait bien – pouvait en toute logique s'attendre à ce que je fasse ce genre d'interprétation. Une déduction qui me conduirait sur les lieux du crime au moment précis où vous auriez besoin d'un coupable.

– Tiens donc ! Elle vous prenait pour un petit génie ?

– Non, juste pour un pigeon. Mais un pigeon qui aurait tout intérêt à remuer ciel et terre pour la retrouver. Elle connaissait par cœur ma manière de penser.

– Ce qui n'est pas peu dire...

– Comment, vous ne me croyez pas ?

– Si je vous suis bien, tout son subterfuge reposait sur la connaissance qu'elle avait de votre propre cheminement intellectuel.

– Et pourquoi pas ?

– Donc, en dépit de vos théories fumeuses, en voilà une au moins qui confirme vous auriez de la lumière à tous les étages...

– Pfft...

– Juste une question, jeune homme : ne

croyez-vous pas qu'un Firmin Lagarce, qui a élucidé des centaines d'affaires en trente ans de maison, aurait pu percer avant vous le secret de cette prose énigmatique ?

– Ni vous ni aucun autre ne pouvait y parvenir. C'est moi qui étais destiné à percer le mystère de la veuve noire.

– Mais la modestie vous étouffe, mon cher Blanchard ! Vous êtes en train de me dire qu'aucun autre que vous ne pouvait décoder le message ?

– Pas aussi vite, en tout cas.

– C'est bien ce que je disais. Vous avez les chevilles qui enflent.

– Je ne vous ai jamais dit que j'étais plus malin que les autres. Simplement, je connaissais pas mal de choses sur Antonella. Sa façon de parler, d'extrapoler, son sens de la métaphore, son indéniable logique, son souci du détail. Je connaissais aussi la symbolique associée à son collier fétiche. Vous savez, le pendentif que vous m'avez montré tout à l'heure.

– Oui, eh bien ?

– La voilà, la clé de l'énigme !

– V'la autre chose... Et il est censé représenter quoi, ce mystérieux collier ?

– Une rose des vents.

– Une rose des vents ? Waouh ! Mais vous vous êtes foulé, pour une fois ! Là Blanchard, vous donnez vraiment dans le *pratico-pratique*. Ça change de l'insolite !

– Insolite ou pas, ce pendentif est d'une importance capitale. Notre seul indice, en fait.

– On lui dira... Mais que viendrait faire une rose des vents dans cette sombre histoire ?

– À votre avis Commissaire ? A quoi peut bien servir une rose des vents ?

– *Té*, à indiquer les points cardinaux, pardi !

– Ça, je vous l'accorde volontiers... Mais dans cette énigme, savez-vous de quel point cardinal il est question ?

– Dites toujours...

– Vous vous souvenez des termes précis qu'elle a mentionnés sans la lettre ? « Ni au levant, ni au couchant. Et pas non plus au septentrion ou au midi ».

– Oui et alors ?

– Et alors, la clé de l'énigme, c'est l'existence d'un cinquième point cardinal.

– ... (Regard interloqué du petit divisionnaire, formé à l'école du rationalisme). Ça vous chauffe la tête, Blanchard. Vos étranges spéculations vous dérangent le ciboulot. Un cinquième point cardinal... On aura tout vu. Alors là, c'est vraiment du grand n'importe quoi !

– Voyez, j'avais raison.

– Je serais curieux de savoir sur quoi.

– Sur le fait que votre ouverture d'esprit n'était pas suffisante pour vous rendre capable d'élucider cette énigme. (Blanchard lance au commissaire un regard bravache, puis il marque un temps d'arrêt assez long, comme pour souligner l'importance de ce qui va suivre). Que vous le vouliez ou non, Antonella m'a patiemment briefé, semaine après semaine, dans le simple but de me conditionner.

– Ah bon.

– Etant à même de comprendre son langage empreint de symbolique, elle savait que je suivrais son jeu de pistes.

– En somme, vous étiez sous influence...

– Si vous voulez. Mais moi au moins, j'étais apte à saisir la clé de l'énigme. À savoir que ce cinquième point cardinal, celui où la belle a cherché refuge, c'est tout simplement... le *centre*.

– Quoi, « le centre » ?

– Le point le plus central de l'île ! Là où on a retrouvé un cadavre qui aurait pu être le sien. Mais qui ne l'est pas.

– Ah d'accord... (La stupéfaction se lit sur le regard du petit commissaire).

– Eh oui, Monsieur le Divisionnaire. Le centre. À égale distance entre la *Giraglia* et *Pertusatu*, précisément. Et c'est en suivant cette direction que je me suis retrouvé dans cette carrière désaffectée. À l'endroit précis où se trouvait le cadavre.

– De mieux en mieux... (Air passablement dubitatif).

– Vous avez consommé du cannabis, récemment ?

– Comme je viens de vous l'expliquer, au

contact de la veuve noire, j'ai acquis la tournure d'esprit adéquate pour saisir cette énigme. À mon détriment, remarquez.

– Ouais... (Moue dubitative) Mais quand même... C'est pas un peu alambiqué, comme théorie ?

– Et pourtant elle s'est vérifiée. D'ailleurs, les faits me donnent raison. Je vais vous faire une confidence : j'étais bel et bien présent sur les lieux du crime. Dans cette carrière désaffectée. Mais j'y suis allé sans savoir ce que je trouverai.

– Presque à votre insu ?

– Je ne connais personne de sensé qui arpenterait la forêt juste pour le plaisir de se faire accuser.

– Un petit détail, Blanchard : j'ai jamais dit que vous étiez sensé.

– Vous auriez pu attraper la mort. J'ai traversé le *Tavignanu* à gué. L'eau était glacée. Mais la mort n'a pas voulu de moi.

– Evidemment... Vous êtes décidément très fort, Blanchard ! Ce qui m'épate, c'est que vous ayez réussi à flairer un cadavre à cent lieues à la ronde. Et sans être dans le coup, oh non ! Seulement en vous fiant à une vague intuition. Dommage que vous soyez de l'autre côté de la barrière. Comme enquêteur, vous seriez fortiche !

– Pas plus que vous. Mais contrairement à la Police, j'avais vraiment intérêt à suivre ce jeu de pistes. Il en allait de ma liberté. De ma vie, peut-être.

Alors... La veuve noire savait pertinemment que je remuerais ciel et terre pour la retrouver. Et c'est comme ça que j'ai bien failli être pris au piège. Heureusement que j'ai bifurqué par le maquis...

– Suis au courant... Très fort aussi, votre idée de prendre la tangente. Mais n'espérez pas nous balader une autre fois. On vous surveille.

– Pour ça, je vous fais confiance, Commissaire.

– Mais revenons à nos moutons... Vous affirmez que votre ex-patronne vous avait initié à sa tournure d'esprit, de sorte que vous étiez à même de décoder les messages cachés. C'est bien ça ?

– Absolument.

– Alors puisque vous la connaissez si bien, expliquez-moi : pourquoi elle signe « Lolita Cannelloni » ? C'est quoi encore, cette plaisanterie ?

– Je ne sais pas exactement où elle a été cherché ça, mais... Antonella était quand même un peu nympho. Elle se donnait volontiers le surnom de Lolita. D'ailleurs, c'était l'un de ses alias préférés sur les réseaux sociaux.

– Lolita ? À quarante berges ?

– Je sais, c'est pathétique. Mais que voulez-vous, on ne peut pas empêcher les gens de se croire plus jeunes que leur âge.

– Et je suppose que « Cannelloni » fait référence à son origine ritale ?

– Possible. Encore que ce manque de finesse ne lui ressemble pas. Il doit y avoir autre chose derrière ce pseudonyme étrange et balourd à la fois. Mais pour l'instant, je ne trouve pas.

– Bah, on ne peut pas être fortiche sur tout.

– ... (Sourire à claque).

– Bien ! Poursuivez je vous prie.

– Comment ça ? J'ai déjà tout dit, il me semble ?

– Ah bon ? Et quelle est votre conclusion ?

– À cause de ce soit disant testament, et du symbole quasi subliminal qui invitait le bouc émissaire à se rendre en plein centre de la Corse au moment où l'on découvrait une charpie informe, j'ai bien failli passer pour un assassin. Tandis qu'Antonella se faisait passer pour morte. Voilà la conclusion que j'en tire.

– Un petit détail, cher ami : vous passez effectivement pour l'assassin !

– Et encore, les apparences auraient pu être plus trompeuses. Heureusement qu'en arrivant à *Petrosu*, j'ai eu un mauvais pressentiment. Et j'ai renoncé à faire le tour du village en arborant une photo de la disparue. Sans ça, j'aurais été le suspect idéal.

– Le suspect idéal... Enfin vous en convenez.

– D'autant que j'ai eu l'occasion de tenter cette expérience dans un autre endroit.

– Où ça ?

– À *Vizzavona*, pour être précis.

– De quelle expérience voulez-vous parler ?

– J'ai fait le tour des établissements en montrant la photo d'Antonella.

– Et alors ? Qu'est-ce que ça a donné ?

– Rien. Dans ces cas-là, quoi que vous disiez, les gens vous prennent pour un cocu.

– ls vous ont dit ça ? C'est pas très gentil à eux.

– Ils me l'ont pas vraiment dit, mais leurs sourires narquois étaient tellement expressifs...

– Je regrette d'avoir raté ça. Blague à part, je ne vois pas en quoi cette croustillante anecdote ferait avancer notre affaire.

– Comment ça, vous ne voyez pas ? Mais qu'est ce qu'il vous faut de plus, à la fin ?

– Eh, calmez-vous, l'ami. Quelle mouche vous a piqué ?

– Vous ne comprenez donc pas ? Il s'en est fallu de peu qu'on me colle sur le dos un mobile passionnel. Imaginez un peu : « Un cadavre de femme mutilé retrouvé en rase campagne. Le jour même, on retrouve son amant éconduit en train de rôder sur les lieux du crime... ». Et avec une tête à faire peur, en prime. Avec tout ça, c'est même plus la peine de chercher un alibi.

– Vous n'avez donc pas d'alibi ?

– Le fait que les apparences étaient contre moi, que tout dans cette mise en scène était destiné à m'accuser, tout cela ne prouve qu'une chose : elle avait tout prévu.

– En tous cas, vous semblez le penser. C'est bien la seule chose qui plaide en votre faveur, d'ailleurs. C'est gros, mais vous semblez tellement le penser...

– Je sais que c'est difficile à croire. Mais n'oubliez pas, Monsieur le Divisionnaire : manipuler les gens, c'est sa grande spécialité, à la veuve noire.

– Surtout si les gens en question sont un tantinet naïfs...

– Donc vous me croyez !

– Ce que je crois, c'est que cette histoire pas très nette cache quelque chose de pas très clair. Mais quoi au juste, je l'ignore.

– Normal : à force de vouloir nier l'évidence (à savoir que la veuve noire est toujours vivante), vous pataugez.

– Quand même, ça serait pas plus simple de lancer de vraies recherches à son encontre ?

– Dites donc, Blanchard...

– Quoi ?

– Pour un *looser*, je trouve que vous vous défendez plutôt bien. À vrai dire, j'ai même trouvé votre petit laïus assez convaincant. Enlevez-moi un doute : vous ne seriez pas un peu plus malin que vous n'en avez l'air ?

– Mais pourquoi vous dites ça ?

– La dernière fois que vous avez comparu, votre petit numéro, ça les a carrément émus, les jurés. Franchement Blanchard, avec votre air de « c'est la faute à pas d'chance », on vous aurait donné le bon dieu sans confession.

– Avouez que dans cette histoire, j'ai vraiment pas eu de chance. Et ça a bien failli se reproduire tout récemment. Quand cette machination savamment orchestrée m'ayant conduit sur le lieu du crime.

– Le pire dans tout ça, c'est que vous auriez presque raison. Sur un point, en tous cas.

– Lequel ?

– Quelqu'un voulait bel et bien vous accuser. Ce qui, j'en conviens, risque fort de flatter votre parano.

– Quoi, ma parano ? (Regard offusqué).

– Mais venons-en à l'essentiel, voulez-vous. Car j'ai gardé le meilleur pour la fin. (Cette fois, le commissaire retourne purement et simplement la sacoche sur la table. Un poignard – lui aussi emballé comme une pièce à conviction – en tombe bruyamment).

– Ça alors !

– Tiens donc ! On dirait que cet objet vous est familier. Il est facilement reconnaissable, notez bien.

– En effet. C'est une dague de *gaucho*.

– Je voulais surtout parler des initiales. « RB », ça ferait pas « René Blanchard », par hasard ?

– C'est un souvenir du Brésil. Je la cherchais partout. Je pourrais la récupérer ?

– Ça, n'y comptez pas ! À présent, votre souvenir est plutôt à classer dans les pièces à conviction.

– Pardon ?

– Car voyez-vous, vous avez été bien mal inspiré de ramener cette outil tranchant en guise de souvenir.

– Pourquoi ?

– Bah... Elle a juste servi à larder le corps de la malheureuse.

– C'est impensable...

– Non, franchement, la prochaine fois que vous ramenez un souvenir, contentez-vous d'une boule en plastique qui fait de la neige quand on la retourne. Ou d'une fiole estampillée « souvenir de Lourdes ». C'est moins compromettant, et à ce qu'il paraît ça porte bonheur. Vous en auriez tellement besoin.

– Remarquez, au point où j'en suis...

– Eh oui Blanchard... Vous auriez presque raison d'être ouvert à tout. Parce qu'évidemment, les seules empreintes relevées sur ce magnifique souvenir de vacances sont les vôtres.

– Bien sûr, puisque c'est mon poignard je ne savais pas où il était passé.

– J'sais pas comment vous faites votre compte, mon pauvre vieux, mais vous avez le don pour vous fourrer dans de ces pétrins ! Vous le faites exprès, ou quoi ?

– Même pas...

– Heureusement que j'ai l'étrange l'impression que quelqu'un vous en veut, sans ça...

– Sans ça ?

– Vous le savez très bien !

– Qu'est-ce que vous allez faire, maintenant ? Vous allez m'embastiller à la première occasion ?

– Pas si je peux faire autrement. Pour ne rien

vous cacher, j'espère avoir mieux à me mettre sous la dent. Tout comme vous, j'espère faire tomber celui ou celle qui vous en veut. Et vous voulez savoir pourquoi ?

– Dites toujours...

– Tout simplement parce que vous n'êtes pas assez intéressant pour moi.

– Merci du compliment...

– ...

– Donc vous allez me laisser libre ?

– Pour l'instant.

– ...

– Mais quand même, va falloir m'aider, Blanchard. Si vous ne voulez pas écoper, va falloir sacrément m'aider...

14

Cette année là, avril vidait les écluses des cieux. La pluie ne voulait pas cesser de tomber. Le *Golu* charriait des torrents de boue, l'impétueux *Fium'Altu* sortait de son lit et la plaine redevenait marécageuse. Blanchard, triste comme un jour de pluie, demeurait dans l'expectative. En proie à la morosité. À la monotonie des longs mois d'hiver s'ajoutait une appréhension croissante qu'il ne pouvait contenir. Maigre consolation, de temps à autre son vieux voisin l'invitait à boire le café. Et accessoirement à tailler la bavette. D'une enfance Slovène dont il ne parlait que rarement, Monsieur Sylvestre avait gardé des souvenirs intarissables. Ceux d'une vie simple, sans histoire. Jusqu'à cette grande agitation. À cette époque funeste où se levèrent pêle-mêle nazis, communistes et surtout les redoutables Oustachis. René, l'air complètement absent, écoutait poliment. Sans être tout à fait malappris, il en profitait pour lorgner discrètement sur le journal, sa seule source d'information dans ce recoin du monde. En général, il ne trouvait pas grand-chose de réjouissant à lire. Bref, il s'enquiquinait. Plus exactement, il désespérait de voir le dénouement de cette scabreuse affaire qui lui faisait l'effet d'une épée de Damoclès. Il attendait du nouveau, et il ne voyait rien venir. Jusqu'au jour où, compulsant machinalement le journal, une nouvelle insolite retînt son attention :

« *Dans la nuit de jeudi à vendredi, Baptiste Guglielmacci, un marginal connu pour être l'un des tous derniers muletiers encore en activité, a été victime de rôdeurs indélicats. Lors de l'altercation et de la fusillade qui s'ensuivit, la victime, qui semble avoir opposé une forte résistance, a été mortellement touchée. De leur côté, les malfaiteurs, sans doute surpris par la détermination dont fit preuve le vieil homme – il semblerait qu'au moins l'un des agresseurs ait été touché – se sont enfuis précipitamment, sans même prendre le temps de dépouiller la victime. Vu l'importante somme d'argent que le vieux muletier conservait chez lui, ce que laissait supposer son stock de bois qui venait de diminuer, le mobile crapuleux ne semble faire aucun doute. Une question demeure néanmoins sans réponse : d'où provenait cette somme assez considérable ? S'agissait-il des économies de toute une vie ? Ou bien l'enquête doit-elle s'orienter vers une piste de droit commun ? Quoi qu'il en soit, avec la mort de Baptiste Guglielmacci – une figure du Pays – c'est toute une tradition ancestrale qui risque de tomber dans les oubliettes des métiers orphelins.* »

Immédiatement, cette nouvelle consternante mit Blanchard en émoi : il connaissait la victime. Pour tout dire, c'est lui-même qui lui avait remis, quoique sur l'ordre d'Antonella, cette forte somme en espèces. Une très forte somme. D'ailleurs, il avait fallu batailler ferme avec la banque, prendre plusieurs rendez-vous successifs, pour obtenir un retrait de liquidités aussi conséquent. C'est dire si Blanchard s'en souvenait bien. Il se revoyait en train de remettre l'enveloppe kraft au vieux muletier. À propos, l'intéressé n'avait pas jugé nécessaire de recompter. Assurément, René se souvenait fort bien de cette histoire. Comment la belle Antonella avait graissé la patte du vieux muletier. En se gardant bien de faire référence à ce vieil adage : l'argent n'étant pas censé faire le bonheur. Bien qu'ayant défendu son magot comme un beau diable, et même mis en fuite ses agresseurs, ce brave *Battì* venait de succomber. Faisant sans doute les frais de sa coopération avec la veuve noire. Quant à René, il attendait son heure. Coupable d'en savoir trop, il commençait à regretter d'avoir trempé dans cette sale magouille. Il commençait à le regretter amèrement.

Mais ce pauvre René ne fut pas le seul à saisir la gravité de la situation. Du côté de la Canebière, ce cher divisionnaire, qui venait de passer un hiver trop calme, trouvait là un nouveau prétexte pour ne pas faillir à sa sinistre réputation. Celle d'un incomparable casse-bonbons. Doublé d'un odieux parasite, toujours prêt à voyager aux frais de la princesse. Lagarce, ou l'art d'incarner à la fois l'angoisse du lampiste de base, et le cauchemar de l'honnête contribuable...

15

– Alors ? Vous en pensez quoi, Blanchard ?

– Ce que j'en pense ? Mais de quoi voulez-vous parler, Commissaire ?

– *Té*, de ce meurtre bizarre autant qu'étrange, pardi !

– Moi ? Rien de spécial.

– Comment ça, « rien de spécial » ? C'est tout ce que vous trouvez à me dire ? Et ce promeneur de bourricots qui dormait sur un matelas bourré de grosses coupures, vous ne trouvez pas ça bizarre ?

– Le pauvre bougre, il ne descendait presque jamais de sa montagne. Comment aurait-il pu dépenser tous ses sous ? Et puis, allez savoir, muletier c'est peut-être : un métier qui rapporte.

– Muletier, un métier qui rapporte ?

– Pourquoi pas ? Après tout, il était le seul à faire ça. Le seul capable de descendre du relief escarpé des hectolitres de châtaignes, des quintaux de piquets en bois, et le tout sans défoncer les chemins, s'il vous plait ! Alors à un moment où à un autre, il devait bien passer à la caisse, le vieux *Battì*. En plus, il devait bien être du genre à se faire payer uniquement en espèces, alors...

– L'évitement était bien tenté, Blanchard, mais avec moi ça ne prend pas !

– ...

– Pour votre gouverne, on n'a retrouvé chez la victime que des billets neufs. Des grosses coupures. Dont les liasses étaient encore fixées par des bagues en plastique. Un procédé un peu trop sophistiqué pour un gars de la campagne.

– (Prenant un air chafouin) Ah bon ?

– Comment ça « Ah bon ? » Vous allez quand même pas me dire que c'était lui qui attachait ses billets avec des colliers en plastique !

– Ben... Je sais pas, moi. Il aura peut-être raclé un tiroir caisse. C'est à la mode en ce moment.

– J'y ai d'abord pensé, figurez-vous. À un braquage trop bien réussi, faisant des envieux. Le plan classique où le magot est tellement conséquent que le maître d'œuvre, distrait par l'émotion, en oublie malencontreusement de rétribuer ses complices. C'était plausible, après tout : *Battì* n'avait rien d'un enfant de chœur. Avant de se faire muletier, il avait bourlingué pas mal. Il s'était même distingué par un séjour gratuit au château des Baumettes. Pour vol à main armée, justement. C'était plutôt plausible. Seulement voilà... Il y a un hic.

– Lequel ?

– Tous les braquages recensés sur l'île au cours des trois derniers mois visaient des petits commerces. Des supérettes, tout au plus. Mais pas des établissements bancaires.

– Et alors ?

– Et alors les petits commerçants collectionnent rarement des piles de grosses coupures en billets neufs. De plus, ils n'ont pas la manie d'attacher leurs liasses avec des bagues en plastique.

– Où voulez-vous en venir ?

– De toute évidence, la somme retrouvée chez le vieux muletier provenait d'un établissement bancaire. N'ayant pas été dérobée, elle a forcément fait l'objet d'un retrait.

– Un retrait de ce montant ? Vous êtes sûr ?

– Oh, ce n'était pas non plus la grande cagnotte du loto. Mais ne nous égarons pas : j'ai demandé à mon équipe d'investiguer sur la question, et sous peu nous connaîtrons la liste de tous les retraits en numéraire supérieurs à 5000 euros effectués dans l'île au cours de ces six derniers mois. Ça promet d'être instructif.

– Si vous le dites...

– Parce que bon, tout cet argent, il n'est pas tombé du ciel ! Il vient forcément de quelque part.

– Et s'il l'avait gagné, tout simplement ?

– Vous ne croyez pas si bien dire, Blanchard. Cet argent, *Battì* l'avait bel et bien gagné. En contrepartie d'un travail. D'un travail un peu particulier... (Silence pesant). D'un contrat, plus exactement...

– Un contrat ?

– Eh oui, Blanchard... Le vieux *Battì* avait été recruté comme fossoyeur. Peut-être même comme tueur à gage.

– Comme tueur à gage ?! Mais c'est impensable. Et d'abord, c'était pas du tout son style.

– Tiens donc, vous le connaissiez ?

– Non, pourquoi ?

– C'est bizarre, à votre façon de parler, on dirait que vous prenez sa défense. Exactement comme si vous étiez de mèche. D'ailleurs, vous en êtes tout retourné.

– Non, je ne me sens pas particulièrement ret...

– Non mais, vous ne voyez pas la tête que vous faites ?! Vous semblez dans vos petits souliers, exactement comme si vous aviez quelque chose à vous reprocher.

– ...

– Un petit conseil : si vous ne voulez pas que je vous étripe, vous avez intérêt à tout me dire ! Tout ! Et en commençant depuis le début.

– Vous voulez que je commence par quoi ?

– Si vous commenciez par me parler de ce mafioso...Car vous le connaissiez bien, n'est-ce pas ?

– Assez pour affirmer que *Battì* n'était pas un mafioso.

– Vraiment ?

– Non, pas un mafieux. C'était plutôt... Comment dire... Un genre de philosophe.

– Un philosophe ?

– Libre-penseur. Ennemi déclaré de la souffrance humaine.

– Mais... Tout ça c'est des idées d'intello...

– Et alors ? Vous dîtes ça parce que *Battì* était un simple paysan ?

– Disons que... Je reconnais que ça m'étonne.

– Eh bien je vais sans doute vous étonner encore plus : ce bon vieux *Battì* militait. (Regard énigmatique). Pour le droit de mourir dans la dignité.

– Là, mon cher ami, vous commencez sérieusement à m'intriguer. Poursuivez, je vous prie.

– En clair, ce brave *Battì* a aidé une moribonde à en finir avec d'atroces souffrances. Stella, dont on a retrouvé le corps dans la mine de cuivre, portant les bijoux d'Antonella, se savait condamnée.

– Quelle délicate intention ! À vous entendre, on devrait presque le décorer, votre esthète.

– Vous savez Commissaire, Stella souffrait le martyre. Même la morphine suffisait plus...

– Vous ne croyez pas si bien dire.

– Pardon ?

– Les conclusions de l'autopsie sont édifiantes. La victime a succombé à une surdose massive de morphine. Qu'elle n'a eu aucun mal à se procurer sur prescription médicale si j'en juge par la nature de sa pathologie.

– Donc, son décès pourrait être du à une surdose accidentelle ?

– Oui, enfin si on veut... Vu comme elle était

chargée, l'accident était provoqué.

– Je ne comprends pas...

– Enfin, faites un effort. Je vous ai déjà parlé de la morphine. Mais on a retrouvé dans son sang tout un cocktail de narcotiques. Un cocktail qui lui a été fatal.

– Ça pourrait donc être un suicide. Un suicide dont ce pauvre *Battì* n'était en rien responsable.

– En effet, la victime n'avait besoin de personne pour mettre fin à ses jours. Mais dans ce cas... Je me demande bien quel pouvait bien être le rôle du muletier dans cette affaire. Vous en connaissez beaucoup, des suicidés qui prennent des dispositions pour faire disparaître leur corps ? Mais alors, qui a chargé le muletier de jouer les fossoyeurs ? Vous avez une idée Blanchard ?

– Ça, faudrait le demander à la veuve noire. Elle seule serait en mesure de vous répondre.

– Et pourquoi un muletier en guise de croque-mort ?

– Ce type était surtout un marginal, rompu aux travaux pénibles. Probablement prêt à tout pour recevoir une grosse somme d'argent. Et comme je vous l'ai dit, l'euthanasie ne lui posait pas de cas de conscience. Je pense que c'est aussi pour cette raison qu'elle l'avait recruté. Son métier n'a rien à voir là-dedans.

– Vraiment ? Pour ma part, je me demande si le mulet, ça serait pas le meilleur moyen de transporter un cadavre jusque dans le trou du cul de la corse. Vous me suivez Blanchard ?

– Pas du tout. Prendre un mulet en guise de corbillard, c'est quelque chose qui me dépasse complètement.

– Ça vous dépassera d'autant plus si je vous dis que la victime venait aussi de toucher une forte somme d'argent.

– Ah bon ?

– Oui. Tout comme son fossoyeur. Compromis dans une mise en scène bien macabre.

– C'est consternant ! Mais pourquoi vous me racontez tout ça ? Et quel est le rapport avec moi, au juste ?

– Il n'y en a aucun... (Pause rhétorique où chaque seconde dure ; Lagarce a une révélation à faire).

– ... Si ce n'est qu'avant de passer l'arme à gauche, l'infortuné avait reçu de votre main, j'ai bien dit de *votre* main pleine de doigts donc d'empreintes, une substantielle somme d'argent. En grosses coupures. Quant à cette pauvre Stella Manouvrier, qu'on a d'abord failli confondre avec Antonella, elle a reçu trois chèques établis à l'ordre de ses enfants. Chèques tirés sur un compte domicilié au Luxembourg. Et tenu par le laboratoire Dito. Labo dont vous étiez, est-il besoin de vous le rappeler, l'heureux gérant.

– Oui mais...

– Ne dites rien ! Ces chèques étaient signés de

votre main. Et ils comportent vos empreintes digitales. Inutile de nier : j'ai deux trains d'avance sur vous. J'ai tout vérifié.

– Je... En fait, je ne sais plus très bien. J'ai du mal à me souvenir de tous les détails : à l'époque, j'avais l'esprit embrumé. Et des chèques, j'en avais à la pelle.

– Ben voyons... Et cette pauvre moribonde, répondant au nom de Stella Manouvrier vous vous en souvenez, au moins ?

– Bien sûr, je m'en souviens. Mais quel est le rapport avec moi ?

– Le rapport, c'est que vous avez personnellement veillé à ce que ses enfants se partagent la coquette somme de 45000 euros. 15000 fois trois qui nous font 45000 euros. Vous n'avez quand même pas oublié une somme pareille ?

– Je travaillais avec de grosses sommes, mais effectivement, ça me dit quelque-chose.

– Enfin une réponse qui sonne vrai. Et qui fait de vous un complice en puissance à cette funeste mascarade.

– ...

– Inutile de vous préciser que vous avez intérêt à m'en dire davantage...

– C'est... C'est un malentendu affreux !

– Un malentendu à 45000 euros ! Et avec deux macchabées à la clé ! Eh ben merci !

– ...

– Alors Blanchard, vous pouvez toujours nier l'évidence si ça vous chante. Et invoquer, je cite vos propres termes, « un malentendu affreux ». Mais autant vous le dire tout de suite : votre explication ne me satisfait pas ! Alors dites-moi tout, maintenant. Sinon, vous savez de quoi je suis capable...

– Antonella... Elle m'avait demandé de signer trois chèques d'un fort montant... C'était pour du mécénat, m'a-t-elle assuré.

– Du mécénat ?

– Oui, un genre de mécénat. Le laboratoire Dito avait beaucoup investi dans la recherche scientifique. Pour aider des personnes atteintes de maladies orphelines.

– Et surtout incurables...

– Méconnues, pas incurables. Si certains patients ne sont pas convenablement soignés, c'est tout simplement parce qu'aucun médicament n'existe sur le marché. Voilà pourquoi Antonella avait demandé au labo de mettre au point un traitement. Un traitement expérimental pour traiter cette maladie orpheline.

– On croirait entendre parler de Mère Théresa.

– Peut-être qu'Antonella a fait ça pour se donner bonne conscience. Mais en tous cas elle l'a fait.

– Avec quel résultat ?

– Il aurait fallu au minimum deux à trois ans pour donner aux recherches une chance d'aboutir.

– Et alors ?

– Cette pauvre Stella se savait condamnée à brève échéance. D'ailleurs, c'est bien pour ça qu'elle a insisté pour que ses enfants se partagent l'argent...

– Justement, pourquoi elle lui a versé de l'argent, Antonella ? C'est vrai dans le fond, ça a déjà dû lui coûter bonbon, les recherches. Alors pourquoi en plus lui verser une telle somme ?

– Tout porte à croire que Stella lui servait de cobaye. Pour mettre au point un traitement révolutionnaire.

– Mais quand même, à 45000 euros l'expérience, ça cache quelque chose de peu commun. Surtout que la philanthropie n'est pas vraiment la spécialité de la belle Toscane.

– Ça, je vous l'accorde volontiers.

– Alors... Que savez-vous de plus ?

– Désolé... Vous ne me croiriez jamais.

– Vraiment ? Et pourquoi vous dites ça ?

– Tout simplement parce que je ne vous ai pas encore tout dit...

– (Regard interloqué du divisionnaire) Je vous écoute.

– Vous savez, le pendentif fétiche d'Antonella. Celui avec une pierre de jade au milieu.

– Oui. Vous m'en avez déjà parlé la dernière fois.

– Et vous vous souvenez de ce qu'il représente ?

– Une rose des vents.

– Une rose des vents un peu spéciale, Commissaire.

– Mais encore ?

– Chez les Aztèques, il y avait non pas quatre, mais cinq points cardinaux. Pour eux, le centre était un point cardinal à part entière. La plus fondamentale des directions, celle permettant de se situer précisément dans l'espace. Voilà pourquoi il était matérialisé par une pierre de jade, à laquelle ils accordaient une grande valeur. Comme pour marquer son importance plus qu'ordinaire...

– (Coupant la parole d'un ton sec) Bon, ça va ! On va pas encore épiloguer là-dessus ! Je sais bien que vous êtes incollable sur le sujet, mais c'est pas une raison pour me resservir encore une fois les mêmes salades ! Dites-moi plutôt à quoi ça rime, toute cette mascarade.

– Ça montre tout simplement qu'Antonella a voulu faire croire à sa propre disparition. En affublant son malheureux sosie d'effets personnels aisément identifiables, dont son collier fétiche, elle a vraiment voulu se faire passer pour morte. Mais ce n'est pas tout.

– Oui eh bien ?

– Comment dire... La présence du collier sur la défunte pouvait très bien avoir valeur de symbole.

– Parce que vous, vous donnez un sens quelconque à ce salmigondis ?

– De quoi voulez-vous parler ?

– De ces métaphores foireuses aux relents ésotériques.

– Foireuses, je ne pense pas. Comme je vous l'ai dit, Antonella avait savamment distillé tous ces indices en vue de me conditionner.

– Et c'est reparti ! Franchement Blanchard, votre facilité déconcertante à partir dans vos délires me dépasse.

– Alors la révélation que je vais vous faire à présent vous dépassera encore plus, Commissaire.

– Par acquis de conscience, j'ai décidé de vous écouter jusqu'au bout. Mais par pitié, soyez bref !

– Chez les Aztèques, on prêtait à la pierre de jade un pouvoir surnaturel. Ainsi, on en glissait une dans la paume du défunt pour l'aider à passer dans le royaume des morts. Où il était censé vivre à jamais, quoique d'une manière différente.

– Possible. Et alors ?

– La présence de cette pierre chargée de symboles n'est pas anodine. Elle indique que la disparue n'est pas vraiment morte.

– Evidemment qu'Antonella n'est pas morte, puisque c'est la moribonde qui a pris sa place !

– Enfin vous en convenez. Mais ce n'est pas tout : voulez-vous vraiment savoir ce qu'Antonella faisait de son argent ?

– Déjà, elle en flambait une bonne partie dans les casinos.

– Désolé de vous décevoir, Commissaire, mais pour quelqu'un qui a deux trains d'avance, vous avez raté un épisode.

– Comment ça ?

– Les casinos, ça faisait un bail qu'elle y était interdite de séjour. À sa demande, d'ailleurs.

– Première nouvelle ! Et pourquoi un tel revirement ?

– Une fois dilapidé tout l'argent légué par son défunt mari– une fortune qu'elle exécrait car synonyme d'un douloureux veuvage –la belle s'est mise à gagner sa vie. Et plutôt bien, si vous voulez mon avis.

– Ça, je vous l'accorde volontiers.

– Seulement voilà, cet argent, gagné à la sueur de son front, avait une toute autre valeur à ses yeux. Plus question de s'en débarrasser comme d'une immondice. Bien au contraire : cette fortune était destinée à servir un but précis. Un but que n'importe qui parmi le commun des mortels jugerait irréalisable. Mais pour elle, c'était possible.

– Désolé Blanchard, mais de toute évidence vous vous égarez.

– En tous cas vous semblez le penser. Parce que vous ne connaissez ni la quête qu'elle poursuit, ni le mobile qui l'anime.

– Le mobile ?

– Oui, le mobile. Le plus beau des mobiles : l'amour.

– Là, j'ai de plus en plus de mal à comprendre...

– Pourquoi, vous n'avez pas entendu parler de son histoire avec Arno ?

– Bien sûr que si !

– Alors vous devriez saisir.

– Justement, non.

– À votre avis, qu'est-ce qu'une femme amoureuse, je dirais même folle amoureuse, et qui vient de perdre l'amour de sa vie, pourrait désirer de plus ?

– Alors là, désolé Blanchard, mais cette fois-ci je rends les armes.

– Pardon ?

– Je ne comprends décidément rien à vos devinettes. Et j'ai comme la fâcheuse impression que vous commencez sérieusement à taper dans les boîtes.

– Vous avez du mal à saisir. Soit. Mais ne vous inquiétez pas : je vais tout reprendre depuis le début.

– Non, par pitié !

– Alors résumons : toute la question consiste à savoir à quoi Antonella employait cet argent.

– ... (L'œil du petit Commissaire se met soudain à ternir sous l'effet de la lassitude).

– Vous pensiez que ça partait dans les casinos et sauf votre respect vous aviez tout faux.

– ... (Puis à virer au noir).

– Car si vous aviez été un peu plus perspicace, vous auriez constaté qu'une fois passé le cap des sociétés écrans, les capitaux alimentaient une seule et même structure : le laboratoire.

– Le fameux labo ? lâcha-t-il dans un regard scintillant de malice.

– C'était devenu son hochet. Et vous savez à quoi il servait ?

– Officiellement, à étudier la sénescence. Mais je ne suis pas dupe. J'aimerais bien savoir ce que cachait cette mascarade.

– Si je vous l'avais dit d'emblée, vous ne m'auriez pas cru. Mais en vous posant les bonnes questions, que vous appelez « devinettes », vous allez en venir vous-même à la conclusion.

– Alors... (Soupir de lassitude). Allons-y pour une nouvelle série de devinettes. Mais je vous préviens, ça sera la dernière.

– D'accord. Je vais faire vite. La pierre de jade, synonyme de quoi ?

– Euh... D'immortalité (nouveau soupir, d'exaspération celui-là).

– Très juste. Deuxième question : quel est le lien entre l'immortalité et la sénescence ?

– Aucune idée. Je ne crois pas en la panacée universelle. Ni d'ailleurs en toutes ces fadaises, si c'est là que vous voulez en venir.

– Peut-être. Mais vous croyez en la science ?

– Dois-je vous rappeler que chez la vieille dame, nous sommes formés à l'école du rationalisme ?

– ...

– Ça alors, j'ai bientôt trente ans de métier et il me demande si je crois en la science. Elle est bonne, celle-là.

– Alors vous devriez saisir. Je vous ai dit qu'*en*

quelque sorte, le malheureux sosie d'Antonella pourrait revivre un jour. Tout comme le regretté Arno.

– Arno Nicoli ? Mais il y a belle lurette qu'il est mort et enterré, celui-là. Décidément Blanchard, vous êtes en train de sombrer dans le ridicule !

– Et si je vous disais que la seule chose qui obsédait la veuve noire, c'était de revoir un jour son regretté mari ?

– Possible. Et alors ?

– Et alors, elle a conservé de lui un souvenir impérissable... Et pas seulement quelques photos. À propos Commissaire, saviez-vous qu'une analyse capillaire très poussée permet de décoder l'ADN d'un sujet ? Et qu'un simple bout de peau peut suffire pour cultiver des cellules souches ? À condition naturellement de ne pas s'encombrer de la sacro-sainte éthique dévolue aux scientifiques.

– Je... Excusez-moi Blanchard. Je ne vois pas très bien où vous voulez en venir.

– Vraiment ? Vous n'avez pas une petite idée ? ADN, cellules souches, ça ne vous parle pas ?

– Ce que vous insinuez est tellement hallucinant que je n'ose pas comprendre.

– Eh bien je vais oser à votre place, Commissaire. Vous avez déjà entendu parler du clonage ? Du clonage humain, pour être précis ?

– Baratin !

– Comme vous voudrez... Moi, je ne demandais qu'à vous aider.

– ...

– C'est dommage. Si ça se trouve, vous êtes en train de passer à côté de l'enquête du siècle. À quoi pouvait bien servir ce labo ultra sophistiqué ?

– Dites, Blanchard, enlevez-moi un doute. Vous ne chercheriez quand même pas à m'embobiner ?

– Non. Juste à vous mettre sur la voie.

– Mais qu'est-ce que vous croyez, enfin ? Que je vais me laisser manoeuvrer par un hurluberlu qui fume la moquette ?!

– Je pense simplement que vous saurez prendre vos responsabilités. Dès que vous aurez saisi la gravité de la situation, et aussi l'opportunité qu'elle représente, vous comprendrez qu'il est urgent de prendre les choses en main. Et d'être le tout premier Policier de France à investiguer sur une affaire concernant un cas possible clonage humain.

– Comme je viens de vous le dire, j'ai été formé à l'école du rationalisme. Et je suis peu enclin à écouter des fables.

– Mais Commissaire, je vous assure que ce ne sont pas des fables (regard insistant). La veuve noire a consacré des sommes astronomiques à la recherche sur le clonage humain. À l'heure où je vous parle, ce projet est sans doute bien avancé.

– Bien avancé ? C'est-à-dire ?

– Pour être franc, je ne serais pas étonné qu'elle soit déjà passée à l'acte.

– Passée à l'acte ?! Vous le croyez vraiment ?

– Je le redoute au plus haut point.

– Allons donc ! Qu'est-ce qui vous permet de penser des choses pareilles ?

– Le fait qu'elle ait choisi de se faire la malle. Et de tout plaquer. Le labo, le staff scientifique, elle a tout lâché. Subitement. Pour moi, c'est le signe évident qu'elle avait atteint son but.

– Impossible ! Le clonage humain à supposer que cela soit réalisable représente un travail titanesque. Un projet nécessitant de gigantesques moyens.

– Elle les avait !

– Peut-être. Mais le temps ne jouait pas en sa faveur. Et si je ne m'abuse, même avec des chercheurs aguerris et le matériel le plus sophistiqué, ce genre de recherches, ça prend un temps fou.

– Pas si on fait quelques entorses à la déontologie.

– Plaît-il ?

– Vous savez Commissaire, travailler sur des embryons humains permet d'avancer beaucoup plus vite qu'avec des cellules souches.

– Mais... Vous vous rendez compte de ce que vous êtes en train de me dire ?

– Ce n'est pas moi qui le dit, Commissaire. Mais c'est votre propre logique qui vous amène à cette déduction. Une déduction palpitante et dérangeante à la fois. Selon laquelle la veuve noire aurait franchi un cap. (Silence pesant ; Blanchard jauge son interlocuteur). Alors ? Ça fait froid dans le dos, n'est-ce pas ?

– Comme vous dites. Je m'inquiète pour vous, Blanchard

– Mais bon, ce qu'il y a de bien c'est que vous venez de flairer le coup du siècle.

– Juste une question, Blanchard : pourquoi je croirais ces fadaises ? En choisissant d'accorder à cette piste l'importance qu'elle mérite, vous faites un pari gagnant-gagnant.

– C'est-à-dire ?

– Même si ce que nous redoutons n'était finalement pas confirmé, cette enquête jouira quoi qu'il en soit d'une formidable couverture médiatique.

– Certes.

– Alors si en plus elle révèle un cas avéré de clonage humain ou même une simple tentative... Vous allez vite devenir le flic le plus célèbre de France. Le plus célèbre, et aussi le plus décoré.

– Merci Blanchard. C'est gentil de tirer des plans sur la comète. Mais jusqu'à preuve du contraire, il s'agit de *mon* enquête. C'est donc à *moi* de décider s'il convient ou non de m'y coller, ou de mettre la presse dans le coup. Quant à vous, je veux bien essayer d'atténuer les faits qui vous sont reprochés. Mais ayez au moins l'obligeance de rester à votre place !

16

Firmin Lagarce n'était pas homme à se faire du mouron. Se tracasser sur le sort d'un nigaud bien innocent, livré en pâture à la machine judiciaire, n'était pas dans ses habitudes. Peu lui importait si la justice voyait dans ces malchanceux – dont le seul tort était d'être paumés (ou bien, d'avoir la tête de l'emploi) – une occasion idéale de faire valoir ses prérogatives. Dès lors qu'ils avaient rempli leur rôle de marchepied vers *son* ascension sociale, le sort des suspects ne le concernait plus. Il ne ressentait nul besoin de faire preuve d'empathie vis-à-vis des misérables sur lesquels il s'acharnait plus souvent qu'à son tour. Le Commissaire était droit dans ses bottes. Après tout, sa ténacité légendaire servait une bonne cause : extorquer à ses victimes des aveux lourds de conséquences, mais indispensables au bon fonctionnement d'une justice aux abois (engoncée dans un carcan de procédures). Seulement voilà, Firmin Lagarce était avant tout un pragmatique. Un cartésien, qui saisissait le piètre intérêt que représentait l'interpellation d'un lampiste. Un pauvre type, aux antécédents plus que douteux, mais qui avait eu le mérite de l'aiguiller sur la probable affaire du siècle. Le dénommé Blanchard n'était qu'un homme de paille, victime d'une trop grande naïveté. Avant de se faire rattraper le plus logiquement du monde par une justice souvent à la traîne, mais implacable, il s'était fourvoyé jusqu'au cou dans la mélasse des affaires (celles des autres). C'était donc un client facile. Seulement voilà, Firmin avait potentiellement mieux à se mettre sous la dent. Plutôt que de se satisfaire d'une proie sans intérêt, il préférait – et de loin – se payer le luxe d'épingler une pointure. En l'occurrence, le 42 fillette de la belle italienne lui semblait nettement plus engageant que ce vieux croquenot de Blanchard. Pour le petit commissaire qui avait horreur de passer pour un nain, livrer un René Blanchard entre les griffes des scribes et aux pharisiens équivalait à éluder la piste Antonella. Une piste autrement plus intéressante, sur fond d'expériences interdites, et qui mènerait le très ambitieux Commissaire Divisionnaire jusqu'aux sommets de la gloire. Devenir le flic le plus célèbre de France, celui qui aurait démantelé un laboratoire dédié au clonage humain, lui semblait désormais une perspective à portée de main. Et la perspective de s'offrir un gros bonnet comme celui que portait la *petturicciatta* ne l'émoustillait pas qu'un peu...

Firmin, qui était un homme de bon sens, réalisa l'intérêt de relâcher le poisson clown. Le seul qui fut vraiment capable de retrouver le sillage du redoutable squale. Afin de le mener jusque dans la nasse. Alors il entreprit tout ce qui était nécessaire pour soustraire ce pauvre Blanchard aux ravages de la machine judiciaire. Tout bien considéré, le jeu en valait la chandelle. Fort de ses trente ans de bons et loyaux services, le Divisionnaire disposait de toutes les relations utiles, tant au sein de la Grande Maison que dans les administrations connexes. La libération du prévenu Blanchard ne fut qu'une simple formalité. Comme de bien entendu, Firmin ne tarda pas à contacter celui qu'il considérait désormais comme son nouvel indic.

17

À peine débarqué en Corse, Firmin, qui voulait se la jouer treillis et pataugasses, colla un rencard à son nouvel indic tout près de son quartier général. Au comptoir du « Sud hôtel », plus exactement. Où une délégation de supporters gaulois fraîchement débarqués s'égayait dans une ambiance bon enfant et fortement anisée. Pronostics déplacés et fanfaronnades en tous genres allaient bon train. À les entendre, la rencontre de coupe de la ligue qui mettrait aux prises le club de la capitale des Gaules avec l'équipe nationale de Bastia promettait d'être une simple formalité. Le tôlier – qui avait déjà fait son beurre sur la location des chambres – offrait tournée sur tournée. Histoire de bien montrer qu'ici, c'est pas comme en Gaule profonde, ici on sait recevoir les étrangers, fussent-ils les adversaires d'un soir. Sans chipoter. Mais en tournant au *Damiani*. Faut pas pousser. Pris dans cette ambiance festive, le petit commissaire, tout égayé, dévoila à son invité incrédule son engouement pour le ballon rond en général. Et pour l'Olympique Lyonnais en particulier. Et là, à la grande surprise de son interlocuteur médusé, il lança d'un air enjoué :

« Dites-moi, René. Euh… pour les papiers. Ça vous gêne pas si on règle ça un peu plus tard ? Parce que dans une heure y'a le match. Et vu qu'on est juste à côté, j'aimerais bien en profiter pour faire un tour du côté de *Fouriane*... »

Une telle proposition, assortie d'une prononciation surfaite (qui se voulait couleur locale mais ne l'était pas), laissa René de marbre. Devant sa mine incrédule, Firmin crut bon d'ajouter : « Bon, si ça vous chante, on pourra toujours voir ça à la mi-temps. Ou même après le match. Allez, je vous emmène. Mais pas dans le panier à salade, hein ! (Clin d'œil complice). Rassurez-vous, j'ai loué une vraie voiture. Sans gyrophare. » De prime abord, René considéra cette proposition avec une froide indifférence. Se retrouver dans les tribunes de Furiani en compagnie d'un supporter bleu blanc rouge, flic de surcroît, ne lui disait rien qui vaille. Mais devant l'insistance de la maréchaussée, à qui il devait quand même sa libération, il se laissa amadouer. En définitive, cette décision raisonnable présentait un avantage : gagner du temps. Car face au dilemme qui le hantait, l'ex-tôlard avait besoin de réfléchir. Il n'était pas encore tout à fait sûr...

À peine fut-il entré dans l'enceinte que le très volubile Firmin, Commissaire Divisionnaire de son état, resta littéralement « *bouche baba* ». Dans un sens, il y avait de quoi. Ce qui frappe le plus lorsqu'on pénètre dans l'antre de Furiani pour la première fois, c'est l'inorganisation poussée à son paroxysme. Le blockhaus baptisé « tribune nord » fait face à de ridicules gradins dignes d'un cirque en planches. La tribune « est », quant à elle, s'apparentant davantage à un chef d'œuvre de l'art bolchevique. Sans le pas de l'oie, mais avec le joyeux tintamarre. Il n'y a guère que les montagnes en arrière-plan – dont le relief se devine à la lueur des feux de Bengale – qui confèrent à ce décor hétéroclite une bien étrange harmonie. Mais l'esprit formaté du divisionnaire fut davantage frappé par ce paradoxe : malgré l'ambiance délétère qui règne au royaume des bombes agricoles, ici, les minutes de silence durent véritablement soixante secondes. Pas une de moins ! Et surtout, elles se déroulent dans un respect total. Le calme avant la tempête, en quelque sorte...

René se souvint de la dernière fois où il était venu voir jouer le Sporting. C'était pour la venue d'une clique de banlieusards, flanquée de quelques lusitanos au dribble court et chaloupé. Pour autant qu'il puisse s'en souvenir, ça devait être un truc comme Créteil. C'est dire si cette affiche de Coupe de la Ligue, face au Champion de France inamovible constituait désormais un événement. Certes, il fut un temps où les équipes qui défilaient dans cette enceinte étaient d'un tout autre acabit. Seulement voilà, au cours d'une saison plus épique que les autres, les dirigeants de l'époque, n'ayant rien trouvé de mieux que de recruter un entraîneur non diplômé (quoique titulaire d'un CAP en charcuterie), en avaient eu pour leur argent. Et la Ligue, vu son engouement pour le football insulaire, s'était empressé de donner sa bénédiction à une décision consternante, lourde de conséquences. Alors Créteil ! Et peut-être bien pour un bon moment : à l'ère du sacro-saint fair-play (et de la vidéosurveillance !), une remontée aux forceps (à grand renforts de *capate* et de bombes agricoles), semblait désormais révolue. En définitive, ce tirage défavorable avait été plutôt bien accueilli : la légendaire équipe de Bastia trouvant enfin une occasion de se frotter à un club digne de son palmarès. Mais ce soir là, hélas, les facéties du *libecciu* ne furent guère favorables aux bruns. À maintes reprises, les hommes en bleu firent trembler l'adversaire, mais pas les filets. Et quand sonna l'heure des regrets, celle où l'on refait le match, où on le défait aussi, on insista beaucoup sur les décisions très discutables (si on se place du point de vue des supporters Bastiais) du chauve qui officiait comme juge de ligne. À sa décharge (et pas seulement de chevrotines), l'humidité latente qui accompagnait ses allées et venues le long de la ligne de touche n'était pas de nature à lui permettre d'officier dans les meilleures conditions de visibilité qui soient. Comme quoi c'est redoutable, les salves de crachats.

Cette soirée hautement divertissante ne resterait pas dans les annales. Tout juste avait-elle permis à René de comprendre certaines choses. Notamment que le brave Commissaire, en dépit de ses encouragements déplacés (quoique fort discrets) en faveur des gones, ne jouait pas forcément contre lui. Au contraire, le flicard ne venait-il pas de lui obtenir la conditionnelle ? Mais Blanchard, à la limite de la parano, refusait de s'emballer. Quelque chose de lancinant le tracassait : il se demandait bien quel marché de dupe son prétendu protecteur allait lui proposer en retour. Et s'il lui demandait de jouer les indics à *Lupinu* ? Au coup de sifflet final, Firmin affichait la mine des grands jours. Son équipe fanion avait réussi l'exploit de mettre un but de plus que l'adversaire, autrement dit un seul et unique but. Ce qui, dans le football moderne en général, et dans le football business en particulier, est amplement suffisant.

Et il advint vraiment ceci : tandis que le commissaire s'en allait en direction du cordon lagunaire afin de regagner son véhicule, René, à la traîne, fulminait. Il le suivait d'un air taciturne, comme à regret. Il traînassait des pieds, comme si ses semelles étaient de plomb. Quelque chose le turlupinait. Ce n'est qu'en arrivant près de la voiture qu'il revint à la hauteur du commissaire. Et, après que ce dernier eut activé l'ouverture centralisée des portes, Blanchard ouvrit le coffre avec précipitation, afin d'en extraire la précieuse mallette, au contenu compromettant. Car il l'avait laissée dans le véhicule le temps de la partie. Mais là, allez savoir pourquoi, il semblait tellement impatient de la récupérer... Afin de la remettre en main propre au divisionnaire Lagarce. Comme convenu. Mais pas n'importe comment : en prenant bien soin de la soulever par le fond, sans toucher à la poignée qui resta inclinée à 45 degrés. Ce n'est que lorsque Firmin s'en empara qu'elle se dressa à la verticale. Et que Blanchard s'éclipsa promptement, déclinant à la hâte l'invitation de se faire raccompagner par un « désolé, je préfère marcher » à peine convaincant. Quand on a un plan, il faut être prêt à l'assumer jusqu'au bout...

18

Je m'appelle Raoul. Raoul Diaz. Je vis depuis peu à Orchila, une splendide île des Caraïbes, au large du Venezuela. On y pêche la langouste. On y déguste de délicieux cocktails à base de fruits frais et d'un savant mélange d'alcools exotiques. On y joue au beach volley, entouré de chicas en body. On s'y prélasse sur des plages de sable blanc, entièrement bordées de cocotiers qui penchent à l'envers. On y regarde passer les filles. Ici, les chicas sont affriolantes. Superbement affriolantes. Et quand vient le soir, le moment exquis, on se retrouve au casino. Un casino pour friqués, qui abrite à l'étage des tables de jeux pour milliardaires en veine, et au sous-sol un club branché. De temps à autre, on préfère se faire porter le repas dans notre suite, histoire de casser la routine. Parfois, ça fait du bien de vivre comme tout le monde. De se contenter d'un plateau repas devant l'écran géant. Le mien je l'ai fait poser au plafond. C'est vrai dans le fond, à la longue, le casino, on s'en lasse. J'aime autant une partie de bridge avec Gerrit et Ursula. Ou alors un petit poker, bon enfant, avec seulement 10000 de mise. Parfois, il nous arrive aussi de recevoir les Stanton. Lolita les trouve petits joueurs, mais il faut bien passer le temps. Vous connaissez Lolita ? Lolita, c'est la créature de rêve qui partage ma nouvelle vie. Depuis quand, au juste ? À vrai dire, je ne sais plus très bien. Je suis tellement comblé à présent qu'il me semble qu'un avant n'a jamais pu exister. Ou alors c'était dans une vie antérieure. Avant que la roue ne tourne. Mais tout ça, c'est à oublier. À présent, je m'appelle Raoul, Diaz. Oui, exactement comme le célèbre présentateur de télé. Vous le connaissez ? J'ai eu la chance de faire sa connaissance, lorsque Lolita et moi étions en Colombie. Un mec sympa, cool. Abordable, surtout. En voilà un au moins qui a su rester simple malgré le succès. Tout le contraire des Stanton ! Lolita les trouve insupportables, tous ces parvenus ! Raoul, je sais pas ce que vous en pensez, c'est un prénom qui sonne bien. Enfin je trouve. Voilà pourquoi je l'ai choisi. En plus, « Diaz », ça fait couleur locale. C'est qu'ici, avec un colt qui ne s'enraye pas et une carte de crédit qui ne grippe pas, tout est possible. Au point que les choses en deviennent excessivement simples. C'est vrai, une trop grande facilité finit par vous engourdir l'esprit. Par vous décourager de réfléchir. C'est sans doute pour ça que je n'ai même pas pris la peine de m'imaginer une nouvelle identité. J'aurais très bien pu choisir un patronyme qui soit un peu plus plausible que celui de l'animateur télé.

Mais à quoi bon se casser la tête ? Ici, tant que tu es plein aux as, tu n'es pas prêt d'être inquiété. Regarde les anciens nazis. Tout le monde connaît leur passé.

Comment ils ont reçu leurs passeports pour l'eldorado avec la bénédiction du Vatican. Ici, tout le monde sait ça. Mais personne ne dit rien. Et ne dira jamais rien. Tout simplement parce qu'ils sont intouchables, ces gens qui possèdent la ressource. Et il se trouve que de la ressource, moi aussi, j'en ai à revendre. On flambe pas mal, pourtant. Mais bon, on est bien obligés : tout cet argent nous rapporte tellement. Alors, il faut bien trouver une manière de le dépenser. Sans quoi, on sait plus quoi en faire. Et ça en deviendrait presque contraignant. Oh, n'allez pas croire que ça a toujours été facile. Lolita et moi, nous avons trimé dur pour en arriver là. Si nous sommes heureux aujourd'hui, c'est parce que nous l'avons vraiment voulu. Tout ce bonheur, nous l'avons mérité. Amplement mérité ! Et n'allez surtout pas croire que c'est tombé tout cuit. Il y a des fois où ça n'a pas été facile, je l'avoue. Des situations pénibles, où il a fallu faire des choix. Des choix cornéliens, parfois. À un moment, nous en étions à nous demander lequel de nous deux resterait sur le carreau. Heureusement, Lolita – à propos, ce n'est pas son vrai nom – est du genre rationnelle.

Alors quand je lui ai annoncé d'un air bravache qu'une simple indiscrétion de ma part permettrait à un flicard particulièrement opiniâtre de remonter la filière, et de faire porter le béret à la véritable instigatrice de l'affaire plutôt qu'à un sous-fifre sans envergure, elle m'a d'abord toisé. Avec son regard hautain. Se demandant probablement si le nigaud de service était vraiment de taille à se mesurer à elle. Puis, elle a réfléchi. Oui, elle a considéré mes paroles : j'ai vraiment vu ses yeux tourner dans le vague. Faut dire aussi, la bimbo avait forcément à l'esprit la manière dont, quelques années auparavant, j'avais littéralement mis à genoux son défunt mari. Ou bien elle en est venue à la conclusion que ce fouineur de flicard n'était pas du genre à lâcher prise. Qu'il ferait de son interpellation une affaire personnelle. Un peu trop personnelle à son goût. Manifestement, ce flic avait le profil d'un électron libre. D'un individualiste, mal chapeauté par ses supérieurs. Et qui avait la fâcheuse habitude de n'informer sa hiérarchie qu'une fois le but atteint. Tout simplement car cet opportuniste, qui considérait que tous les moyens sont bons dès lors qu'ils sont efficaces, partait du résultat pour aboutir à la démonstration. Il avait donc intérêt à ne pas dévoiler son jeu. Mal lui en prit ! Or, il se pourrait fort bien que pendant cette pause interminable, la belle Antonella, euh pardon Lolita ait jaugé le flicard lancé à ses trousses. Un nabot qui faisait de cette enquête une affaire personnelle. Mais une affaire à régler seul à seul n'exclut pas l'aide d'un tiers. Surtout si le tiers en question, naïf à souhait, est prêt à prendre des risques inconsidérés pour que tout rentre dans l'ordre. Voilà précisément le genre de raisonnement que la très machiavélique Antonella Nicoli a très bien pu tenir, tandis que je me tenais là, assis en face d'elle, à la jauger. Car elle est restée bouche bée, estomaquée sans doute. Et je lisais dans son regard vert tendre : non, la belle n'était pas disposée à porter l'estocade. Devant ma détermination, qui l'avait cueillie à froid, elle préférait assurer. En bonne pragmatique, Antonella savait très bien qu'en faisant d'un adversaire potentiel un véritable allié, elle avait tout à y gagner. Et je continuais à la regarder droit dans les yeux. Et c'est là que tout a basculé, en même temps que nos corps éperdus sur le divan du séjour. Ce soir-là, le sort de l'infortuné Firmin Lagarce, flic de son état, fut définitivement scellé.

19

Voilà pour la fin de l'histoire. Celle que me proposa, à grand renfort d'arguments, la maudite engeance. Cette fin qu'elle avait imaginée, et que j'ai sans doute enjolivée. Car voyez-vous, depuis ma cellule des Baumettes, j'ai tout le temps nécessaire pour écrire. Mais l'histoire, la vraie, ne prendra fin que dans de longues années. Tout dépendra des remises de peine. Mais à ce qu'il paraît, ma libération conditionnelle fut un fiasco. Au lieu de leur livrer la veuve noire, je leur ai livré une valise piégée. Et pour corser le tout, le fait qu'Antonella se soit évaporée m'ôte désormais tout espoir d'obtenir un procès équitable. Qui sait, si j'ai encore la chance de décrocher une remise de peine, je pourrai peut-être sortir à temps pour revoir une dernière fois Jean-Toussaint et Monsieur Sylvestre. Quant à revoir ma frétillante ménagerie, je n'y pense même pas. Je n'ai jamais compris pourquoi les chiens vivent si peu de temps... C'est le grand Saveriu qui a recueilli Bella et Bertha. La nuit, il paraît qu'elles font des cauchemars. Enfin, c'est l'impression qu'elles donnent, mais comme il a dit

Jean-Toussaint, on ne peut pas savoir. À ce qu'il paraît, l'être humain rêve en images, et le chien en odeurs. Si c'est le cas, je dois avoir un sacré penchant canin. Et pour une fois, mon anthropomorphisme naturel n'est pas en cause. C'est juste cette abominable tinette qui me pourrit la vie. Mais où en étais-je, déjà ? Ah oui. Mon avenir est mal engagé. Disons simplement que du fait de mon attitude coopérative, une fois coffré je n'avais plus le choix, j'espère quand même décrocher une remise de peine. C'est ce brave Lagarce qui me l'a laissé entendre. Sacré Lagarce ! La tête qu'il a pas fait quand j'ai balancé l'attaché-case dans le *Chjurlinu* ! Evidemment, j'avais pris soin de lui remettre tous les documents au préalable. Comme convenu. Et ce n'est qu'après, en lui désignant la mallette vide (enfin pas tout à fait, y'avait bien une livre de plastic), que je lui ai fait : « Et ça, c'était un cadeau de la veuve noire. Elle m'a contacté dès ma sortie de prison, et elle a insisté pour que je vous l'offre. Mais franchement, je n'y tiens pas. C'est du faux cuir, ça vaut rien ! » Quand j'ai redressé la poignée, et que la mallette a émis un bip assassin, le *keuf* a tout de suite pigé. Il a plongé à terre, les mains sur les oreilles. Beau réflexe ! La charge nous a tellement cogné aux tympans que j'en ai gardé une sérieuse déficience auditive. Lui aussi, à ce qu'il paraît. Mais il ne m'en tient pas rigueur. La preuve : malgré cette mise en scène discutable (mais destinée à lui montrer jusqu'où la veuve noire pouvait aller) qui mettait fin à ma conditionnelle pas de la meilleure façon qui soit, il m'a bien vite recontacté. Et il m'a dit comme ça : « Pour les magouilles, mon pauvre Blanchard, je peux rien faire du tout. C'est la Brigade Financière qui est saisie de l'affaire, et je ne sais pas ce que vous leur avez fait, mais ils vous ont dans le nez. Mais pour m'avoir sauvé la vie, là, foi de Lagarce, je vous revaudrai ça ! Vous pouvez me croire. » Pour autant que cela dépend de lui, je pense que ce brave Commissaire tiendra parole. Qu'il m'appuiera auprès des agents de probation. Et qu'il m'aidera à obtenir une seconde chance. Sauf qu'il n'en sera pas comme de la première fois. Cette fois-ci, je serai surveillé de près ; comme par l'œilleton. Et j'aurai tout intérêt à leur livrer la veuve noire. Oui, je ferai tout pour la retrouver. Elle et le numéro du compte off-shore. Avec tous les codes d'accès, évidemment. Ça mettra le temps qu'il faudra mais si on m'en offre la possibilité, je lui collerai la patte dessus. Ensuite, advienne que pourra. Je m'en remettrai au bon vouloir de Lagarce.

C'est vrai, techniquement, j'ai très mal joué. Je savais bien que le fait d'épargner ce flic ne serait pas du goût de la veuve noire. Et que le fait de les doubler ne serait pas apprécié par la maison poulaga. Mais vous comprenez, je pensais la tenir. Avec ce que je savais sur la nomination de son fils aîné comme actionnaire principal – j'avais compilé tous les documents utiles à son inculpation – je croyais disposer d'une garantie solide. D'une monnaie d'échange. C'est là où je me suis planté. Fourvoyé. Lamentablement. Ses mouflets, elle n'en avait cure. Le grand, il était majeur et vacciné. Et si Antonella ne lui a jamais reproché de tremper dans les magouilles, elle ne lui pardonnerait pas de s'être fait cravater. Quant aux jumeaux, évidemment qu'elle y était attachée. Elle leur souhaitait tout le bonheur du monde. Mais d'éventuelles pressions sur eux n'auraient infléchi en rien sa décision. De toute façon, ils étaient trop jeunes pour être inquiétés. Alors juste avant de se volatiliser, elle s'était contentée de les confier à une institution. Une institution haut de gamme. Tout ce qu'il y a de plus respectable. Et elle est repartie libre comme l'air. Et ça, c'était pas prévu au programme... Bref, elle nous a bien plantés. Enfin surtout moi : pour toutes les malversations, c'est moi qui vais écoper. Mais qui sait ? Peut-être bien qu'un jour, elle tentera de renouer contact avec ses chères têtes blondes. Et moi, je me tiendrai là, en embuscade. Ça mettra le temps qu'il faudra, mais tôt ou tard, je la retrouverai. Je remuerai ciel et terre s'il le faut, mais je retrouverai cette garce. D'ailleurs, j'ai déjà retrouvé sa trace. Enfin je crois. Peut-être parce que ça m'aide à tenir le coup. Mais quand même, il est parfois des coïncidences troublantes...

Il y a peu de temps, j'ai appris par un ancien contact, un brave gars qui, comme moi, s'était fait planter par son avocat, qu'un de ses codétenus, un Guyanais répondant au nom d'Albert Robinson, avait côtoyé la veuve noire. Le type, qui bossait pour un cartel, est tombé bêtement pour une affaire de came. Et je me dis qu'à l'époque où la belle se rendait régulièrement en Amérique du Sud pour prospecter, leurs routes ont très bien pu se croiser. Oui, ils ont sûrement écumé les mêmes milieux. En tout cas, l'exotique aurait expressément reconnu la sulfureuse Toscane. Sur une île des Caraïbes, au large du Venezuela. Un îlot pour milliardaires. Le type a même donné des renseignements très précis sur Antonella. À l'en croire, la veuve aurait refait sa vie avec un dénommé Raoul, un genre de gigolo mondain. Oui, le type au visage émacié a formellement reconnu Antonella pendue au cou de ce guignol qui passe son temps à se montrer à la télé. Il a même dit que la belle, qui a toujours aimé se la jouer plus jeune que son âge, se fait appeler Lolita. Lolita Diaz, à ce qu'il paraît. Enfin, pour le nom de famille le type était plus très sûr. Plus exactement, c'est mon pote Gégé qui a émis de sérieux doutes à ce sujet. Il faut dire que le chicanos n'a pas l'air très net. Ce type a le teint livide d'un buveur de blanc. L'haleine d'un moribond. Et la maigreur morbide d'un toxico. Paraît qu'avant la tôle il passait le plus clair de son temps à se défoncer. En plus, il a dû choper un genre de maladie tropicale. Un truc qui donne des fortes fièvres. Alors parfois, il déparle. Bref, il mélange tout. Antonella aux bras d'un animateur télé... J'ai trouvé ça purement consternant ! Mais Gégé n'en démord pas : même si dans le flot de paroles, le type débite des inepties, cette histoire comporte un fond de vérité. Indéniablement. Et d'abord, j'ai la preuve que le dénommé Robinson a vraiment vécu là-bas. Au Venezuela. Ça corrobore. Enfin j'espère...

Souvent, je repense à la belle Antonella. À ses yeux en amande. Au demi-sourire, pareil à celui d'un ange, qui soulignait ses pommettes. Au regard furibond qu'elle m'a décoché lorsque j'ai décliné sa proposition. C'est vrai, j'aurais très bien pu accepter ses conditions. Liquider ce flic un peu trop prégnant. Et me faire la belle... J'imagine alors ce que serait devenue ma vie dans cet ailleurs confortable. Et je pense à elle. Plus que tout, il y a un détail chez elle qui m'obsède : son pendentif. Oui, cette fameuse rose des vents qu'elle avait ramenée du Mexique. Et qu'elle a jugé bon de faire reproduire sur l'en tête de son fameux courrier. Celui qui annonçait sa soi-disant disparition. Comme si ça ne suffisait pas, elle avait mis le collier au cou de cette pauvre Stella. Pour la faire passer pour elle. Croupi dans ma cellule, je saisis à présent la pleine signification de ce symbole. Le point cardinal qui compte vraiment, le lieu qui nous attend, est identique à la fosse qui a reçu la malheureuse Stella. C'est vrai, elle était mal en point. Elle souffrait le martyre, et se savait condamnée. Mais je doute fort que la veuve noire lui ait expliqué le fin mot de l'histoire. Si elle avait su qu'elle finirait en charpie, dévorée par les cochons sauvages, cette pauvre femme n'aurait jamais accepté un tel sort. Au moins par décence. Mais la veuve noire, c'est pas pour rien qu'elle a été maquée avec le grand Arno. Lui alors, c'était un vrai *scruccone*. Il n'avait pas son pareil pour manipuler les honnêtes gens. J'en sais quelque chose... Ce couple pathologique m'a pourri la vie. Par leur faute, je me suis retrouvé plus souvent qu'à mon tour au « château ».

Dans cet univers étiolé, privé de ses quatre points cardinaux. Et je croupis dans ce recoin du monde, recroquevillé sur moi-même. Une pièce de trois mètres cinquante sur trois mètres, que je partage avec deux codétenus pas méchants pour deux sous, mais pas cortiqués non plus. De pauvres types. Et tout autour, ce ne sont que quatre murs. Quatre satanés murs, qui me retiennent ici. Et m'enlèvent tout espoir d'accomplir ma quête. Et de la retrouver. Où qu'elle soit. Du levant au couchant, du midi au septentrion, je suis prêt à parcourir la terre entière pour la retrouver. Comme une tique privée de sang, recroquevillée sur elle-même, je saurai patienter. J'attendrai mon heure. Mais en l'état actuel des choses, penser à lui mettre la main dessus est pure chimère. Confiné dans le centre de cette maudite rose des vents – en l'occurrence ce centre pénitentiaire, sordide et déprimant à souhait – je désespère de sortir avant de longues années. Parfois, je me dis que j'ai au moins réussi à retrouver sa trace. Grâce au grand Gégé. C'est vrai, tout ça repose sur des supputations. De simples suppositions, mais qui, à bien réfléchir, ne sont pas si ridicules que ça. La preuve : l'autre jour, le Directeur de la prison m'a convoqué. C'est ce bon vieux Firmin Lagarce qui l'avait contacté. Et figurez-vous, le Commissaire demande à me voir ! Pas pour prendre des nouvelles de ma santé, j'imagine. À tous les coups, les « révélations » du Guyanais se sont ébruitées. Et il y a fort à parier qu'elles l'intéressent au plus haut point… Quoi qu'il en soit, je serai vite fixé : l'entrevue étant programmée en début de semaine prochaine. J'ai préparé méticuleusement mes arguments, listé tout ce que j'ai à sur ce type. Son témoignage est précaire, j'ai intérêt d'éluder les zones d'ombres et d'insister sur les éléments factuels, lui donnant du poids. Il faut absolument que Lagarce morde à l'hameçon. C'est ma seule chance, la toute dernière, de faire tomber Antonella. Et par la suite, une fois qu'elle aura lâché le morceau, d'espérer un jugement équitable.

20

Prison des Baumettes, le 28 avril 2007. L'entretien avec le Divisionnaire Lagarce se déroule dans une salle décrépie contiguë au parloir. C'est un régime de faveur : nul besoin de se parler à travers un épais plexiglas, au moyen d'un combiné. Seule une table en formica nous sépare. Fidèle à ses habitudes, Firmin Lagarce est venu seul. Si d'aventure le fil de la conversation le conduisait en dehors des clous, il se réserve la possibilité d'agir à sa guise. Ou bien de tronquer ces éléments nouveaux, ne retenant que ce qui l'intéresse. Et manifestement, le témoignage vaseux du vieux clodo Guyanais l'indiffère au possible. C'est pourtant à cette version, évoquant la présence d'une femme négociant une cargaison de cocaïne à destination de la Corse que Blanchard se raccroche désespérément. Lagarce écoute poliment, hochant la tête de temps à autre comme s'il faisait mine de suivre la conversation. C'est tout bon ou tout mauvais. Attention : le couperet va tomber.

– C'est bon, Blanchard. Vous fatiguez pas. J'en ai assez entendu. Pour vous dire que ce pauvre type est un mytho.

– Enfin Commissaire... Cet ancien membre d'un cartel a fait une description très ressemblante d'Antonella. Alors quand même, il n'a pas pu affabuler sur toute la ligne !

– Qu'est-ce qui vous fait seulement penser que son témoignage puisse être fiable ?

– Il a l'accent de la sincérité. Enfin je trouve. Dans son histoire, certains détails sonnaient trop vrai !

– Justement, ce ne sont que de fichus détails. Votre espoir de retrouver Antonella ne repose que sur des bribes. Vous en êtes conscient, au moins ?

– Mais reconnaissez que ces renseignements sont bien trop précis pour avoir été inventés de toutes pièces.

– Je les trouve plutôt confus.

– Mais alors, si la veuve noire n'avait jamais croisé sa route, comment un pauvre type à moitié analphabète aurait-il pu connaître sur le bout des doigts les ficelles les plus subtiles du blanchiment d'argent ?

– Vous l'avez personnellement entendu décrire ces ficelles ?

– Nous ne sommes pas dans la même cellule. Et nos horaires de promenade coïncident rarement. À ce qu'il paraît, il ne respire pas la santé, et quitte rarement sa cellule. Mais le grand Gégé, qui partage sa cellule, m'a tout raconté.

– Et qu'est-ce qu'il vous a raconté, ce « Gégé » ?

– Par exemple, que le type connaissait l'astuce qui consiste à facturer des prestations fictives en échange d'une rétrocession sur la T.V.A. occultée. Des trucs assez fins. Alors quand même, vu son bagage, il n'a pas trouvé ça tout seul !

– Vous le croyez si ignorant que ça, votre exotique ?

– Au contraire, il a tout d'un initié. Avant de tomber, il bossait pour un baron de la drogue. Alors... À un moment ou à un autre, il a forcément baigné dans le blanchiment d'argent. Un business dans lequel nous étions devenus incontournables. Surtout au Venezuela : la belle Antonella s'y rendait régulièrement.

– À quel endroit précisément ?

– Orchila. Une île pour milliardaires friqués. Antonella y avait dégoté un grand ponte du sucre. Un gros client, ce Torrès. Alors... Ça lui faisait un prétexte pour faire la touriste.

– Puis-je savoir ce qui vous fait douter du mobile de ces voyages ?

– Señor Torrès était un vieux croûton maniéré. Pas du tout son genre. Et puis cette prétendue affaire était bien trop honnête.

– Honnête ? Quand même, faut pas pousser...

– Oui, enfin c'était une magouille tout ce qu'il y a de plus gentillette. D'après Antonella, le type voulait juste échapper aux impôts.

– C'est plausible. Et alors ?

– Et alors j'imagine difficilement la belle Antonella faire un si long voyage juste pour baratiner un pépère frileux avec un plan de défiscalisation qui nous rapportait juste des cacahuètes.

– Donc, le motif de ses voyages au Venezuela ne vous a pas franchement convaincu.

– C'était bien trop récurrent pour une affaire somme toute ordinaire.

– Peut-être qu'elle avait besoin de vacances...

– C'est ce que j'ai d'abord pensé. Que la belle profitait de la situation pour se payer des petits séjours sympas. Après tout, l'Amérique du sud était sa destination de prédilection.

– Vous suggérez qu'il y avait autre chose ?

– Pour ne rien vous cacher, avec le recul, je pense qu'Antonella flairait la bonne affaire. Et qu'elle voulait faire d'une pierre deux coups.

– Et quel était l'autre coup, si je puis m'exprimer ainsi ?

– Un dénommé Alvarès. Roberto Alvarès. Baron de la drogue de son état.

– Ah quand même... Et c'était pas un peu dangereux, ce genre de client ?

– Vous savez Commissaire, Antonella n'avait pas froid aux yeux.

– Mais quand même, vous n'étiez pas au-dessus de vos pompes, à vouloir jouer dans la cour des grands ?

– En joueuse invétérée qu'elle était, la belle toscane jouait de plus en plus gros. Cherchant le quitte ou double qui la mettrait à l'abri du besoin jusqu'à la fin de ses jours. Et qui lui permettrait de financer son laboratoire. D'où l'idée d'infiltrer un cartel. C'était beaucoup d'argent, vous savez.

– D'accord, mais quel est le rapport avec ce fameux Guyanais ? Comment il s'appelle, déjà ?

– Robinson. Albert Robinson. Avant de finir en épave, il avait justement officié dans un cartel. Fortement implanté au Venezuela.

– Comment le savez-vous ?

– C'est Gégé qui m'en a parlé.

– Encore ce Gégé ! Et si tout cela n'était que supputations ? Après tout, ce ne sont pas les mythos qui manquent, ici. Et vous avez confiance en ce bavard ?

– Gégé est un type plutôt sérieux, il ne parle pas inconsidérément. Il sait que tout mon espoir repose sur lui. Alors... Il sait bien ce qu'il dit quand même. Et si vous ne me croyez pas, interrogez le vous-mêmes.

– Passons pour votre « Gégé ». Mais l'autre. Comment c'est déjà... Ah oui ! Ce Robinson. Quelle cloche, celui-là ! Je l'ai auditionné il y a deux semaines. Mais ses propos étaient passablement éthérés. J'ai rien compris à ce qu'il a dit.

– D'accord, son témoignage peut sembler quelque peu confus. Contradictoire parfois. Mais à l'évidence, ce type sait des choses.

– Oui, enfin... Il savait. (Silence pesant).

– Pardon ?

– Je ne voudrais pas vous contrarier, mais en raison d'une santé précaire, Albert Robinson a été transféré dans un autre pénitencier. D'où il est sorti peu de temps après son arrivée. Les pieds devant.

– Quoi ?!!!

– Comme quoi ça pardonne pas, le sida. Eh oui, Blanchard. Votre Robinson est mort et enterré. Ce qui, vous en conviendrez, me laisse peu de latitude pour vérifier vos sources.

– ...

– Alors ? Pas trop déçu ?

– Non, je me sens juste désespéré.

– Eh bien vous avez tort !

– Pardon ?

– Mon cher ami, vous avez tort de prendre cette mine maussade. Parce que je n'étais absolument pas venu pour discuter de cette piste sans intérêt. Quand je l'ai vu il y a quinze jours, j'ai tout de suite compris qu'il n'y aurait rien à en tirer. Rien. Hormis une petite analogie que j'ai trouvée fort intéressante.

– De quoi voulez-vous parler ?

– C'est comment déjà, le nom de l'île où la belle Antonella se serait fait la malle avec un gigolo ? Vous savez, le truc en haut du Venezuela...

– Ça s'appelle Orchila. Et pour votre gouverne, c'est un îlot pour milliardaires.

– Ah oui, je me disais bien que c'était un nom comme ça. Sauf que c'est pas la peine d'aller chercher si loin pour en trouver, des plages privées pour milliardaires friqués. Votre Robinson avait sans doute les bonnes infos. Mais dans sa confusion mentale, il s'est juste trompé d'endroit. Amalgamant les Caraïbes et la Méditerranée.

– Où voulez-vous en venir ?

– Dans son testament, Antonella annonçait clairement qu'elle ne quitterait pas la Corse. Eh bien elle a tenu parole ! Figurez-vous qu'elle se planque à quelques encablures de l'île de beauté.

– Comment ça ? Vous avez retrouvé sa trace ?!?

– Qu'est-ce que vous croyez ? Que je me tourne les pouces, pendant que vous croupissez ici ?

– Et elle se trouve où, sans être indiscret ?

– Ça n'a rien d'indiscret, puisque je compte bien vous faire visiter l'endroit. D'ailleurs, je suis venu vous chercher spécialement pour ça.

– Pardonnez-moi, mais je ne comprends pas.

– Vous savez faire la chèvre ?

– ...

– J'ai besoin d'une chèvre pour participer à une opération...Spéciale. Et il se trouve que j'ai pensé à vous. Enfin pourvu que vous acceptiez. C'est une mission un peu dangereuse, et délicate.

– Evidemment que j'accepte ! Vous savez bien que je n'ai pas le choix.

– Dans la vie, on a toujours le choix. Et j'insiste

sur le fait qu'il s'agit d'une mission très particulière. Où l'important n'est pas de participer, mais de gagner. C'est votre dernière chance, Blanchard. Si vous voulez vraiment sortir de ce trou à rat, aidez-moi à cravater la veuve noire.

– Elle consiste en quoi, cette mission ?

– À faire sortir la veuve noire de son cocon, pour faciliter une interpellation qui autrement s'avérerait très délicate. Je ne vous oblige à rien, mais sachez que si vous acceptez, vous aurez intérêt d'être à la hauteur. Parce que si vous la loupez, elle ne vous loupera pas.

– Il y a un réel danger ?

– Oui et non. Dans un sens, votre mission est un véritable jeu d'enfant. Mais vu l'endroit où elle doit se dérouler, on n'a pas droit à l'erreur. Et encore moins au tapage.

– Et concrètement, je dois faire quoi ?

– Je vous l'ai dit : l'appât.

– L'appât ?

– Ben oui. Si vous voulez que je piège la veuve noire, à charge pour vous de la faire sortir de son nid douillet.

– ...

– Vous verrez, c'est à peine risqué. Et pour votre dossier de probation, y'a un énorme bon point à la clé !

– Il m'en faudrait plusieurs.

– Ça devrait suffire. Sans compter que vous allez enfin payer de votre personne. Une manière de payer votre dette à la société. En ayant l'insigne privilège de coopérer avec la justice. Ils aiment ça, les juges. Et une chance pareille, croyez-moi Blanchard, vu vos antécédents, c'est inespéré.

– J'en suis conscient. Elle se planque où, au juste ?

– L'île de *Cavallu*, ça vous dit quelque chose ?

– Euh... Oui. Donc vous croyez qu'elle est là-bas ?

– Je ne le crois pas. J'en suis sûr !

– Ça alors !

– Eh oui ! Ça vous en bouche un coin, on dirait.

– J'aurais jamais pensé qu'elle soit restée si près de la Corse. Pratiquement à portée de main. En même temps, j'aurais dû m'en douter : l'endroit est très prisé par la *Jet Set* italienne.

– Justement, pour une fois je vais être obligé de faire dans la dentelle. Rapport à certains riverains qui seraient un tantinet susceptibles. Et qui n'aiment pas voir débarquer les képis dans leur petit coin de paradis. Ou alors, juste pour en chasser les gueux. Mais à la moindre échauffourée, on saute tous les deux. Mes collègues de Bonif' m'ont prévenu.

– Ils ont le bras aussi long ?

– Eh oui, que voulez-vous Blanchard ? C'est à croire que les nantis ont quelque chose à se reprocher. Enfin... Qu'on le veuille ou non, ce sont eux qui détiennent le vrai pouvoir. Alors quand vous serez sur leurs plates-bandes, allez-y mollo...

– Qu'est-ce que je dois faire, au juste ?...

– La retrouver, d'abord. Je n'ai pas l'adresse exacte, mais l'île est toute petite. Ensuite, vous serez chargé de la provoquer. Sans rififi, hein ! Mais juste assez pour qu'elle vous prenne en chasse. Vous me la faîtes sortir de cette île où elle est surprotégée. Vous me l'attirez jusqu'à Bonif'. Et là, j'ai demandé des renforts, on la coince au propre.

– Mais...

– Vous verrez, Blanchard, c'est simple comme bonjour. Vous savez piloter un bateau à moteur, au moins ?

– Euh... Oui. Enfin je pense.

– Alors c'est parfait !

– Mais... Vous ne me donnez pas d'instructions plus précises ?

– Vous partirez de la plage de Sperone et traverserez jusqu'à Cavallo en *Zodiac*. Une fois arrivé, il suffira de vous montrer un peu. Vous faisant remarquer, juste ce qu'il faut. S'agit pas non plus d'importuner tout ce beau monde.

– Me faire remarquer sans importuner les riverains ? Mais comment je fais ?

– Je sais pas, moi. Vous n'avez qu'à jouer les curieux. Comme vous savez si bien le faire.

– Et après ?

– Et après, une fois que la veuve noire vous aura repéré, vous lui faites un dernier pied de nez et vous décampez dare-dare. Ça risque de la mettre dans une humeur massacrante, et faudra peut-être serrer les fesses. Mais ça, vous le réaliserez bien assez tôt.

– Vous croyez que j'arriverai à l'attirer jusqu'aux côtes Bonifaciennes ?

– Il le faut. N'espérez pas la moindre remise de peine si d'aventure votre mission n'aboutissait pas.

– ...

– C'est une opération sans grand danger, pour laquelle on mobilise de gros moyens terrestres et maritimes.

– ...

– Allez, tout se passera bien, vous verrez. Je vous demande juste d'accomplir votre tâche sans renâcler, et sans vous poser de questions. Nous, on s'occupe du reste.

– Et si ça tournait mal ?

– Si exécuter des consignes simples ne suffisait pas, et que pour faire aboutir la mission vous deviez faire preuve d'héroïsme, ça vous ouvrirait la voie royale vers la liberté conditionnelle.

– La conditionnelle ?

– J'ai parlé au juge Thibault hier matin. Pour ne rien vous cacher, il n'était pas très chaud. Compte tenu de votre attitude ambiguë dans l'affaire de la mallette, il attend de votre part une attitude d'une remarquable loyauté. Si cette coopération s'avère fructueuse, ça serait tout bénéfice pour vous. Et si les choses devaient se compliquer et cependant aboutir grâce à une implication plus qu'ordinaire de votre part, ça serait évidemment un plus pour vous. À condition d'en réchapper, bien sûr.

– Et si malgré ma forte implication l'opération se soldait par un échec ? Mais pas par ma faute.

– Ecoutez Blanchard, s'il y en a un de nous deux qui foire, la question de votre libération conditionnelle ne se pose plus. Alors j'ai bien voulu vous faire confiance, mais en retour, vous aussi faites-moi confiance. Thibault m'a à la bonne, mais quand même. Pour justifier une telle décision, il a besoin de résultats probants.

– Et si on réussit ? Sans mettre en doute votre souhait de me voir sortir de ce lieu maudit, quelle garantie pouvez-vous me donner ?

– Enfin, Blanchard, un peu de logique. Ce qui nous intéresse, c'est de faire tomber la veuve noire. Pas de garder un lampiste sous les verrous. Alors si on la coince, ne vous inquiétez de rien. On s'occupe de tout, et vous pouvez me croire : on vous revaudra ça.

– En somme, je m'en remets à votre bon vouloir. Et aussi à la providence. Parce que c'est pas gagné d'avance...

– Si vous suivez scrupuleusement mes consignes, le plan ne peut que fonctionner.

– En tout cas, vous semblez le penser.

– Pas vous ? (Pause rhétorique). Bon, libre à vous après tout. Alors ? Qu'est-ce que vous décidez ?

– Ben...

– Remarquez, j'ai pas vraiment besoin de vous. Moi je fais juste ça pour vous arranger. Pour vous aider à sortir de ce trou à rats. Où, à mon avis, un innocent comme vous n'a rien à faire. Maintenant, si vous préférez croupir ici, c'est votre droit. Je ne vais pas vous en empêcher.

– ... (En fait, il ne m'offre aucune garantie).

– Sympa ! On se déplace, on veut rendre service, et en guise de remerciement, on se retrouve à parler à un mur. Eh ben merci ! Ça fait toujours plaisir...

– ... (Seulement voilà, est-ce que je suis vraiment en situation de faire la fine bouche ?)

– Alors Blanchard. Vous voulez sortir de ce trou à rats, oui ou non ?

– Oui mais...

– Ah quand même ! Allez, je vous fais une fleur. Disons que votre réponse mitigée vaut acceptation. Bravo Blanchard. Vous avez fait le bon choix. Bon, mais c'est du donnant-donnant, hein, nous sommes bien d'accord ?

– C'est à dire ?

– Ne vous avisez pas de me doubler. Ou de la contacter en dehors du cadre prévu.

– Je n'en ai nullement l'intention. Rien que l'idée de la revoir me fait un nœud à l'estomac.

– Et attention, hein ! Maintenant que vous vous êtes engagé, va falloir vous montrer à la hauteur. Parce que si vous voulez invoquer la clémence du juge, c'est fini le bon vieux temps où vous pouviez dire « ah, désolé j'étais pas au courant ». Ça ne marche qu'une seule fois, ces trucs là. Désormais, si vous voulez vous amender, va falloir payer de votre personne. Vous rendre utile à la société. En vous montrant courageux et efficace.

– C'est bon, j'ai compris.

– Vous n'avez rien compris, puisque les instructions ne font que commencer. Alors écoutez bien les consignes, et réfléchissez-y attentivement. Ça vous aidera à vous préparer mentalement en vue de votre mission.

– Juste une question : si je réussis, dans quel délai je vais sortir de là ?

– Dans un avenir proche. Ne vous inquiétez pas, je m'occupe de tout. D'ailleurs, je me doutais bien que vous alliez finir par accepter. J'ai déjà enclenché le processus.

– D'accord mais... « Un avenir proche », c'est pour bientôt, ou ça risque de durer encore un peu ?

– Pour votre gouverne, le Directeur de la prison n'attend plus qu'un fax du juge Thibault. Une fois la belle italienne coffrée, ça ne devrait pas être long. En attendant, préparez-vous à agir avec discipline. Et à mourir en héros s'il le faut.

– Mourir en héros ! ?!

– Oui, c'est juste une façon de dire que vous prenez votre mission à cœur.

– Ah bon ?

– Pour un naïf de votre genre, ça ne devrait pas être trop compliqué, de jouer au héros... Et coincer la belle toscane devrait vous motiver, non ?

– Rassurez-vous Commissaire. Quand je pense au bourbier dans lequel elle m'a plongé, je serai prêt à aller la chercher avec mes dents.

– N'en faites pas trop quand même ! Surtout quand vous serez à Cavallo. Mes collègues de Bonif' vous laissent le champ libre, mais au départ ils n'étaient pas très chauds. Ils doivent avoir la pression.

– Vous pensez qu'elle est protégée ?

– Pas plus que les autres. Mais la zone est sensible. La meilleure façon de lui faire quitter sa tanière, ça sera encore de la jouer en finesse.

– D'accord.

– De la finesse, Blanchard. Et beaucoup de circonspection. Vous allez opérer dans un environnement très sensible. Ici, c'est un peu comme dans le *Niolu* : à la moindre incartade, on récolte les foudres de la population locale. À ceci près que la pression ne s'exercera pas de la même façon. Et comme nos décisionnaires politiques sont souvent très courageux...

– C'est bon, je sais me tenir quand même.

– Tant que vous serez à Cavallo, cette zone de non droit, soyez bien conscient que vous n'aurez aucun droit à l'erreur. Il s'agit juste d'escagasser votre protagoniste pour l'inciter à se lancer à votre poursuite. Mais surtout, faites-le avec respect envers le voisinage. Sans importuner qui que ce soit. C'est hyper important. Pensez-y, mon vieux !

21

Ce matin-là, alors que le soleil levant s'étirait au-dessus des flots, Blanchard huma à pleins poumons l'air marin. En arrivant sur l'objectif, il ne put s'empêcher de contempler avec admiration ces magnifiques rochers blancs qui bordent l'île de *Cavallu*. Il laissa le *Zodiac* dans une petite crique côté ouest, abritée du vent (et accessoirement des regards). À propos, la crique en question se trouvait sur la pointe occidentale de l'île. Une situation idéale pour décamper au plus vite, et tenter de regagner sans encombre les côtes bonifaciennes.

Après avoir laborieusement amarré le semi-rigide, René inspira profondément, une nouvelle fois. Après quoi, il prit son air benêt et une photo de la belle toscane aux yeux menthe à l'eau. Repensant à son exploit de Vizzavona, il s'en alla frapper à toutes les portes. Cette fois au moins, personne ne le regarda d'un air goguenard. La simple idée qu'on puisse déranger de la sorte les nantis ne prêtant pas à sourire. Une telle démarche relevait presque du crime de lèse-majesté. Une fois au pied du mur,

Blanchard réalisa à quel point Lagarce avait vu juste. Sans conteste, lâcher les poulagas dans le jardin de la duchesse eût été pour le moins inconvenant. Cependant, l'importance de sa mission le poussa à passer outre. L'ex-tôlard, reconverti en auxiliaire de police, devait donc attirer la veuve noire en dehors de cette zone de non droit. Sans quoi, les riverains indignés ne manqueraient pas de faire valoir leur droit sacré au respect de la vie privée. La Jet-set scandalisée userait alors de son influence pour faire un exemple. Et le rôdeur indélicat, déjà empégué dans la mélasse des procédures judiciaires, s'en ramasserait une couche. Pire encore, en réalisant que le nuisible était en réalité un repris de justice, la presse *people* ne tarderait pas à s'en mêler. Et devant l'ampleur du scandale, les scribes et les pharisiens, après avoir pesé le contre et le contre, donneraient gain de cause aux riverains injustement floués. Si par malheur sa mission échouait, René savait aussi que, par un curieux effet de vases communicants, Lagarce se retrouverait à faire la circulation. Et que le flicard devenu acariâtre ne lui pardonnerait pas cet échec.

Bref, ce matin-là, Blanchard avait la grosse pression... Pourtant, il fallait bien faire sortir la belle Antonella de ses gonds. Alors il s'improvisa dans cette forme de nuisance, intolérable compte tenu du caractère résidentiel de l'endroit, dans un crime de lèse-majesté que les nantis nomment : « démarchage ». Sans succès apparent. Partout où il passait, ce pauvre Blanchard se faisait jeter comme un plouc. Le pire, c'était quand il tombait sur des vigiles avec leur air malcommode, voire intimidant. Les cowboys, frustrés d'avoir passé un hiver un peu trop calme à *La Spezia* ou *Saint-Trop'*, n'en demandaient pas tant pour faire valoir leurs prérogatives. Et le trublion se faisait jeter méchamment. Avec l'injonction implicite, et pourtant non équivoque, de ne plus remettre les pieds ici. Lorsqu'il avait à faire aux domestiques, au moins le misérable se faisait éconduire avec élégance et courtoisie. Ces gens-là sont finalement assez éduqués, capables de soutenir une conversation avec Monsieur ou avec Madame, parfois même avec les deux ensemble. Ils ont de l'éducation, et tiennent à le faire savoir. Tout en restant inflexibles. Le sens de l'hospitalité des riverains le changeait de *Fulelli* ou de *Lupinu*. Mais pour être franc, ce matin-là, Blanchard ne rencontra pas beaucoup de vigiles ni de domestiques. En fait, il conversa surtout... avec des interphones *High-tech*. Intimidé, il récita sa leçon devant des caméras sans que personne ne daigne lui ouvrir. Tout compte fait, ce n'était pas plus mal. Une telle situation permit à l'apprenti détective d'exposer la photo d'Antonella devant l'objectif, au vu et au su de tous. Outre cette excentricité, la fouine ne se faisait pas vergogne de claironner avec une rare insistance :

« Connaissez-vous cette femme ? Je sais qu'elle se trouve actuellement sur l'île. Il faut absolument que je lui parle. C'est capital ! » Fidèle à son habitude, Blanchard fit preuve d'une impudente candeur. D'une naïveté éhontée. De sorte que la chose ne tarda pas à se savoir. Le rôdeur invétéré parcourut ainsi la totalité de l'îlot en moins d'une demi-journée. Il remarqua que *Cavallu* abritait une piste d'aérodrome sur pratiquement toute sa longueur. Pour venir jusqu'ici, il n'y avait en définitive que trois moyens de transport qui soient culturellement acceptables : le yacht, le hors-bord ou bien le jet privé. Mais certainement pas le canot à moteur ! Lorsqu'enfin il regagna la petite crique où l'attendait sa modeste embarcation, ça faisait déjà un bon moment qu'il était repéré.

22

Blanchard s'éloigna de la côte avec le sentiment du devoir accompli. Comme prévu, mais un peu trop tôt à son goût, il ne tarda pas à être poursuivi par un hors-bord. Un puissant cigare qui, à deux reprises manqua de l'envoyer, lui et son frêle esquif, par le fond. Mais bien vite, une vedette des garde-côtes, qui était restée jusque là dissimulée derrière l'île *Ratinu*, ne tarda pas à intervenir. S'interposant ostensiblement. Cette manœuvre eut pour effet de calmer le chauffard des mers. Qui renonça à son intention belliqueuse, d'autant qu'il ne tarda pas à voir surgir une seconde vedette, jusque-là abritée des regards par le relief de l'île de *Piana*, fonçant à toute allure en sa direction. Cet impressionnant dispositif mit définitivement fin à toutes ses ardeurs, et le chauffard des mers se laissa arraisonner sans opposer la moindre résistance. Sommé de s'expliquer, il monta sans broncher à bord de la seconde vedette, où le dénommé Lagarce, l'attendait de pied ferme. Pour lui en coller une, avant de le cuisiner. Pris en flagrant délit de tentative d'assassinat, le misérable ne tarda pas à lâcher le morceau. Tandis que le petit

Commissaire refermait la boîte à calottes. Devant ces aveux, le Divisionnaire Lagarce, qui avait remué ciel et terre pour mobiliser d'importants moyens maritimes, ne tarda pas à saisir l'ironie de la situation. C'était par la voie des airs qu'Antonella, se sachant repérée, comptait se faire la belle. Et dans ce domaine, il n'avait hélas rien anticipé. Certes, la veuve noire ne possédait pas de jet privé. Mais au nombre de ses voisins de bungalow figurait un habitué des sitcoms, tout disposé dépanner sa charmante voisine d'une passoire à nouilles, d'un couteau à huîtres, d'un presse-purée, ou même d'un hélicoptère privé si le besoin s'en faisait sentir. C'est d'ailleurs tout l'intérêt de la villégiature : comme on ne pense jamais à emporter tout ce qu'il faut, on en est souvent réduit à aller frapper chez les voisins. Une telle promiscuité, rendez-vous compte, ça crée des liens ! Tandis que les appartements de trente pièces avec gardes du corps bodybuildés, ça n'est pas fait pour rapprocher les gens. Sauf peut-être dans les palais princiers...

Ainsi donc, la belle toscane, qui était attendue par le Capitaine Némo et toute son armada, était sur le point de s'envoler. Une telle issue n'était pas prévue au programme ! Poussé dans ses retranchements, Lagarce refusa d'abdiquer. Afin de gagner un peu de temps, il avança son pion. Le protégeant, tout en le plaçant à la merci de la reine noire. Ce qui, dans le jargon des échecs, s'appelle un sacrifice. Et le pion en question, est-il besoin de le préciser, c'était René Blanchard. Le malheureux, qui s'approchait de la vedette avec le sentiment du devoir accompli, se vit soudain intimer l'ordre de remettre cap plein est. Retour à la case départ. En direction de l'île de *Cavallo* ! Où cette fois, Antonella ne manquerait pas de le remarquer. Et de le prendre en chasse. Avec témérité et obstination, Lagarce misait sur ce tempérament de joueuse invétérée qui animait la veuve noire. Il savait que devant une occasion pareille, elle serait tentée de faire coup double. En cherchant d'abord à mettre son meilleur ennemi hors d'état de nuire. Et juste ensuite, à s'envoler vers de nouveaux horizons. Sans doute en direction de la Sardaigne toute proche. Où elle disposait sans doute d'appuis. Cette sortie du territoire compliquerait la procédure, lui laissant le temps d'échapper complètement. Oui, torpiller un frêle esquif avant de foncer vers la *Costa Smeralda*, c'était un risque à prendre. Un risque calculé. Et l'occasion serait tellement tentante !

23

Alors que Blanchard commençait à parader autour de l'îlot, il remarqua un hélicoptère gris métallisé qui venait vers lui. L'engin, qui avait d'abord tracé vers le sud, fit un crochet. Avant de se mettre à survoler la frêle embarcation où ce nigaud de Blanchard faisait l'appât. Derrière ses jumelles, Lagarce observait. Toute la consistance de son plan « b » (comme « bidon ») consistait à gagner du temps, et à voir venir. En espérant que ce délai supplémentaire permette l'arrivée des renforts aériens sollicités à la hâte. Hélas, rien n'était moins sûr. Lagarce, qui n'avait pas du tout prévu cet impondérable, renonça à solliciter les hélicos de la gendarmerie : depuis leurs bases respectives, ils auraient eu trop de distance à parcourir. Il plaça plutôt son espoir dans la base aérienne de Solenzara, toute proche. Dans le meilleur des cas, si toutefois il arrivait à obtenir le quitus du Ministère, il lui faudrait attendre une bonne demi-heure avant d'espérer obtenir l'autorisation de décollage. Un laps de temps qui permettrait amplement à la maudite donzelle de pulvériser le rafiot et son passager d'infortune. Lagarce fixait ses jumelles et son téléphone portable par intermittence. Au bout d'un demi-siècle, la nouvelle finit par tomber. La base de Solenzara, désolée, expliquait qu'en raison d'une baisse de budget entraînant une pénurie de main-d'œuvre qualifiée, et de la réduction du temps de travail applicable dans l'établissement, elle ne pourrait faire décoller un chasseur avant une petite heure. Lagarce, qui avait ordonné au capitaine de la navette de mettre le cap sur *Cavallo*, piqua alors une crise à s'en faire péter les coronaires. Quant à Blanchard, qui jusque là n'avait rien contre la réduction du temps de travail, encore moins contre le flegme insulaire et la pénurie de main-d'œuvre qualifiée, l'infortuné ignorait tout bonnement ces regrettables aléas administratifs. C'était sans doute mieux ainsi !

La veuve joyeuse avait donc quartier libre pour expédier le malheureux par le fond. L'hélico, à force de réitérer des survols de reconnaissance de plus en plus rapprochés, soulevait les flots et les hérissait tout autour du *Zodiac*. Immanquablement, il se plaçait à l'endroit précis où le frêle esquif tentait de s'échapper. Et comme si ça ne suffisait pas, la passagère, un automatique à la main, commença à canarder depuis la fenêtre du cockpit. Sans grand succès, d'ailleurs : pour ajuster ses tirs, il eut fallu que la donzelle daigne se pencher un peu plus vers l'extérieur. Ce qui n'aurait pas été sans danger, vu la conception de l'habitacle, pas spécialement prévu pour ce genre de gymkhana, et surtout la longueur minimaliste de sa jupe, surajoutée à la fâcheuse propension du pilote à reluquer les quilles de sa voisine. Lors d'une manœuvre hardie, il s'en fallu de peu que l'hélico ne s'abîme en pleine mer. Ce qui entama les ardeurs du pilote et de sa redoutable équipière. Blanchard avait compris qu'il n'avait plus aucune chance, sauf à improviser. Il espérait qu'en dépit de ce loupé, l'hélico recommencerait à le survoler de très près, attendant son prochain passage de pied ferme. Or ce fut un survol décidément très rapproché... Sans crier gare, Blanchard, s'étant emparé d'une fusée de détresse – la seule qu'il pu trouver à bord – se mit à la percuter sur le haut du moteur. Puis à diriger la fusée sans se demander s'il risquait ou non de se brûler les doigts. Après une courte trajectoire, la fusée éclairante finit sa course dans le cockpit. Lagarce, qui observait la scène derrière ses jumelles, admira l'habitacle de l'hélico qui se colorait joyeusement. Evoquant le virage « est » du stade Armand Cesari un soir de match (enfin pas tout à fait : l'hélico disposant de véritables places assises). Et il se dit que tout compte fait, son petit protégé dans son rafiot à boudin ne se débrouillait pas si mal tout seul. À propos de boudin, le maudit engin, avec à son bord le sosie d'Yvette Horner (la belle toscane ayant subi une coloration express) commença à partir en vrille.

Sous le regard goguenard d'un Blanchard tout enjoué. Mais ce dernier – qui venait d'abattre sa dernière carte – déchanta bien vite.

Après une succession de sauvetages désespérés, l'hélico en folie, au sein duquel le sinistre semblait circonscrit (on pouvait y voir la fumée blanche signalant l'élection d'un nouveau Pape, ou plus prosaïquement celle d'un extincteur) revint à la charge. Avec la ferme intention d'en découdre. En raison des flots agités, de la houle qui tabassait, et de l'unique moteur qui affichait ses limites, Blanchard n'avait pas réussi à se placer hors de portée. Il s'était rapproché à quelques encablures du littoral, mais celui-ci était encore trop loin pour qu'il puisse espérer le gagner à la nage. Se sachant pratiquement condamné, il entrevit une dernière fois le visage d'Antonella. D'un sale œil, la gorgone lui fit savoir sans équivoque qu'elle lui ferait payer cher cette petite fantaisie capillaire (agrémentée d'une mise en plis pour le moins déstructurée). Et ce pauvre René eut juste le temps de plonger une dernière fois dans ce regard habituellement vert tendre, mais qui, en la circonstance, s'était durci à l'extrême. Puis, il entendit une rafale. Une dernière rafale... Mais pas celle d'un pistolet automatique. Plutôt celle, autrement plus redoutable, d'un fusil mitrailleur. Un F.M. avec des munitions de guerre, emprunté à un garde-côte. Car dans l'intervalle, à bord de la vedette, une succession d'événements pour le moins improbables venait de se produire. Un genre de mutinerie, pour dire les choses telles qu'elles sont. Pendant que la fille cachée d'Yvette Horner se refaisait le chignon, et qu'une des vedettes de la marine nationale croisait paisiblement au large de la *Cala di Ghjuncu*, en attendant vainement d'arraisonner un hypothétique navire de plaisance (car c'est ainsi que la veuve noire était censée se faire la belle), l'équipage avait alors reçu l'ordre de pousser les machines à bloc en direction de *Cavallu*. Un ordre donné dans des circonstances pour le moins confuses. Le Capitaine, mis au défi par tant de gesticulations de la part d'un flicard au physique de nabot (à peine un mètre cinquante, talonnettes comprises), avait évidemment tenté d'imposer son autorité, afin d'apporter toute la modération requise à cette manœuvre délicate. Avant de réaliser que son interlocuteur, tout rabougri qu'il était, portait à ses pieds lestes de redoutables talonnettes. Le pauvre bougre n'eut pas le temps d'en placer une. Suite à une semelle un peu trop légère, il se recroquevilla subitement en se tenant le bas ventre et se mit à geindre comme un tordu. Il est comme ça, Lagarce. Comme le mois de février : c'est lui le plus petit, mais c'est aussi le plus rude. Outre la castagne, il sait aussi se faire rusé lorsque les circonstances l'exigent : invoquant une situation d'urgence suite à la « crise d'appendicite » dont venait d'être subitement victime le pauvre Capitaine, il décréta que les circonstances le conduisant à prendre le contrôle de la situation. D'où il se trouvait, l'équipage n'eût pas le temps de saisir le fin mot de l'histoire, ni d'entendre la version contradictoire de leur Capitaine, incapable de la ramener depuis qu'il s'était retrouvé la tête coincée dans un étau de forge. Devant l'urgence de la situation, l'équipage s'exécuta. Permettant au navire de se rapprocher sans ménagement de l'hélico. Au point de l'avoir en ligne de mire. Sur ces entrefaites, le courageux Capitaine, qui venait de desserrer l'étau et commençait à retrouver ses esprits, s'empara d'un porte-voix nasillard afin d'y réciter de vaines litanies qu'il nomma : « sommations d'usage ». C'est alors que le commissaire au format de dé à coudre, excédé par tant de chinoiseries (qui auraient laissé à l'hélico le temps de se placer hors d'atteinte), réitéra. Après s'être ramassé une nouvelle semelle bien placée, à l'abri des regards, l'infortuné Capitaine s'effondra de nouveau, laissant choir son porte-voix. Un accessoire bien utile, qui ne fut pas perdu pour tout le monde. Empoignant fermement le mégaphone, Lagarce, décidément survolté, courut se poster à la mitrailleuse. Et là, s'adressant, au pilote de l'hélico, il improvisa une petite prose bien sympathique :

– Eh *Ducon*, pose toi tout de suite ou j'te bigorne !!! Le tout agrémenté d'une rafale bien arrosée.

Le pilote ignora l'avertissement. Mais très vite, une nouvelle rafale un chouia plus rapprochée le ramena à la raison. Réalisant qu'il avait affaire à un malade, un « fou en vrai » capable de lui exploser la tronche en même temps que l'hélico, il ne s'obstina pas. Et pour les noms d'oiseau, il décréta que tout bien considéré, il n'était pas de bon ton d'ergoter pour une simple question de terminologie le terme « éduquons » étant tout à fait correct. Comme il pensait trop et n'obtempérait pas assez vite, une nouvelle rafale éclata. Celle-ci toucha le moteur, obligeant le pilote, qui avait de toute façon prévu de s'écraser (en s'abstenant de tenir tête au fou furieux) à poser l'appareil de toute urgence sur la côte la plus proche. Avant de s'en extraire précipitamment, lui et sa passagère. Qui assistait, consternée, à un désastre annoncé. La détonation qui s'ensuivit fut spectaculaire, mais suffisamment tardive pour permettre au pilote et à sa passagère d'orbiter derrière de gros rochers. Le souffle de l'explosion les secoua bellement que cinq minutes plus tard, l'arrestation de la veuve noire ne fut qu'une simple formalité. Ebaubie par la déflagration et vexée par sa nouvelle mise en plis, la bougresse, que l'irascible flicard venait de rejoindre à bord du canot piloté par Blanchard, ne chercha même pas à s'enfuir. Lovée dans l'anfractuosité d'un rocher, elle se tenait la tête entre les mains, en état de choc, comme si elle redoutait une nouvelle déflagration.

Firmin procéda à l'interpellation des deux complices sans sommation. Et la belle, qui aimait bien y aller de sa petite phrase en chaque grande occasion, s'adressa alors à Blanchard, le pouce levé en signe de victoire (elle avait renoncé à dissimuler ses menottes et les arborait presque) :

– Je savais bien que je finirais par tomber un jour, mais je n'aurais jamais pensé que le danger puisse venir d'un médiocre de ton acolite. Bravo Blanchard ! Tu peux être fier de toi, c'était vraiment bien joué ! Avant d'ajouter, avec une assurance empreinte d'arrogance :

– Mais pour la revanche, n'espère pas une seconde que ça sera la même musique.

– La revanche ? Mais pas avant vingt ans alors ! avait crânement répondu celui qui pendant toutes ces années avait été son sous-fifre.

– Moi, tu peux toujours me considérer comme étant hors d'état de nuire. Mais pas elle. Et autant te le dire tout de suite, elle apprend vite. D'ailleurs, d'ici peu elle pourrait bien te régler ton affaire.

– Qui ça, elle ? rétorqua ce pauvre Blanchard en toute innocence.

– Comment ça ? Tu n'as donc rien compris à ma lettre d'adieu ?!

– Si mais...

– Eh bien relis là attentivement, pauvre cloche !

– ...

– Pour ta gouverne, je précise que les lettres ne

mentent pas. Et que « Canneloni », contrairement à ce que j'ai mis dans ma lettre, car la compréhension en aurait été trop facile, s'écrit avec un seul « l ». En agitant un peu tes neurones, tu devrais finir par comprendre...

– Par comprendre quoi ? » bredouilla Blanchard. Pour toute réponse, il écopa d'un rire sardonique. Ce à quoi il rétorquat :

– La pauvre fille, elle est complètement folle !

Avant de se forcer à rire à son tour, traitant ces allégations par le mépris. Lagarce, qui n'avait pas été formé à l'école du rire, mais à celle du rationalisme, n'était pas d'humeur à plaisanter. Il fut soudain pris d'un doute affreux. En déclarant « Canneloni s'écrit avec un seul l », la veuve noire venait de faire mouche. À l'évidence, elle n'avait pas donné cette indication par hasard. Firmin, qui avait déjà réfléchi à la question, comprit tout de suite qu'avec cette nouvelle orthographe, les lettres, c'était d'ailleurs très inquiétant, étaient en nombre égal. Pire encore, et c'en était vertigineux, elles se correspondaient. En les recombinant mentalement, Lagarce réalisa que « Lolita Canneloni » était ni plus ni moins l'anagramme d' « Antonella Nicoli ». Complètement sidéré, le commissaire, tourna son visage décomposé vers Blanchard et susurra :

– Eh bien... Si c'est ce que je pense... Puis,

s'adressant péniblement à Lolita – pardon, à Antonella – il bredouilla un truc du genre : Et cette Lolita, qui vous semble si proche, elle serait quand même pas votre... La veuve noire lui coupa alors la chique avec une assurance ostensible :

– Vous voulez dire mon alter ego ?

Nous y étions. Antonella n'avait pas, comme nous l'avions d'abord redouté, produit un clone de son ex mari. Profitant de son laboratoire, mais elle avait créé son propre double. Une créature répondant au doux nom de Lolita Canelonni. Une bien curieuse identité, il faut l'avouer, et qui constituait la dernière énigme non encore élucidée du « testament ». Le petit Commissaire, qui venait pourtant de remporter une grande victoire, en resta pantois. Et la belle toscane, de toute sa morgue, en profita pour enfoncer le clou :

– Lolita, c'est moi tout craché ! Une copie conforme de moi quand j'avais dix-sept ans. D'ailleurs, le prénom que je lui ai choisi lui va à merveille. Vous ne trouvez pas ?

Le bouillant Divisionnaire Lagarce, qui venait juste de se distinguer pas de la meilleure façon qui soit au regard de sa hiérarchie (et auprès des plaisanciers à qui il venait de gâcher une journée de vacances bien méritée), réalisa alors qu'il venait de passer à côté de la chance de sa vie. Sa mutinerie à bord de la vedette, il allait la payer cher, très cher ! Sous peu, on lui enlèverait cette affaire. Et un autre que lui, sans doute cette quiche de Morini, se verrait confier l'enquête du siècle. La première de l'histoire ayant trait à un cas de clonage humain. Le scoop assuré ! Celui qui rêvait de finir sa carrière en apothéose comprit, mais un peu tard, ce qu'il en coûtait de se comporter en héros. Un « héros » dont les récents exploits – pas vraiment dans la dentelle – viendraient sonner le glas de ses aventures flicardières. Et sans doute plus vite qu'il ne l'imaginait : l'heureux propriétaire de l'hélico retrouvé calciné alors qu'il était « flambant neuf » était déjà en grande conversation avec quelques notables parmi ses relations. Quant à l'infortuné capitaine des gardes-côtes – qui venait justement de les recompter (ses côtes) – et qui souffrait d'un enfoncement temporal était justement en train d'en référer à sa hiérarchie. La Marine Nationale avait le bras long, et le mutin ne tarderait pas à recevoir le retour de bâton. Piètre consolation pour le « superflic de l'année » : juste avant d'être dégradé, il fit la une des journaux. Un hélico arraisonné par une vedette, ça n'arrive pas tous les jours !

24

Voilà bientôt deux ans qu'Antonella est tombée, et le sosie de la maudite péronnelle ne s'est toujours pas manifesté. À vrai dire, plus personne ne pense à cette déclaration insinuant que le clonage humain était devenu réalité. L'enquête confiée à Morini n'a rien donné, cette excentricité est désormais oubliée, les journaux à sensation sont passés à autre choses. Plus personne n'y croit, et personne n'y a jamais vraiment cru. Sauf peut-être l'ex-commissaire, qui repense souvent à cette sale embrouille qui a sonné le glas de sa carrière. Persuadé que ce clone existe, ce qui serait pour lui la seule façon de sauver la face, il reste à l'affût. Convaincu qu'une telle créature, Antonella en pleine fleur de l'âge, ne pourra rester longtemps inaperçue. La copie étant par définition dotée des attributs de l'original : physique affriolant, élégance tapageuse, tempérament fougueux.

En souvenir de mon associée, j'ai commandé à un orfèvre casincais de ma connaissance un joyau s'inspirant fortement du collier fétiche d'Antonella. Vous savez, celui qu'elle portait en toutes circonstances. Jusqu'au jour où, voulant faire croire à sa disparition, elle en a affublé cette pauvre Stella. Oui, j'ai mis au clou ma vieille guimbarde car j'avais trop besoin d'oseille, voulant m'offrir une réplique de ce collier magique. Une copie pareille à l'original. Enfin presque : la pierre sertie en son milieu n'est pas du jade, mais un vert d'Orezza finement poli. Ce joyau, je le porte toujours sur mon coeur. Pour qu'il me guide. Pour qu'il m'aide à trouver l'endroit. L'endroit *précis :* celui où la belle Antonella a dissimulé le magot. Car il est forcément passé quelque part : lorsque la veuve noire s'est fait alpaguer (dans les circonstances que vous savez), les comptes off-shore avaient été méthodiquement vidés au préalable. La belle avait dû mettre à l'ombre une coquette somme. En numéraire. De quoi réussir sa sortie de prison. Et assurer ses vieux jours... Souvent, il m'arrive de penser : « et si je raflais la mise avant elle ? »

Dorénavant, voilà à quoi je consacre ma nouvelle existence : à la recherche d'un trésor. Un trésor caché non pas vers le levant, ni aux extrémités de l'orient ; et pas non plus en direction du midi, ni aux confins du septentrion. Mais à l'évidence, un trésor enfoui dans les entrailles du centre, ce lieu farouche et mystérieux. Chaque jour qui s'offre à moi, je n'ai de cesse de m'enfoncer dans les limbes de l'intérieur. Cet intérieur mythique, préservé des affres de la modernité. Cet intérieur hostile, qui lui seul méritait de recevoir en son sein une telle richesse. Un butin qui me revient autant qu'à elle : après tout, ne l'avions nous pas amassé ensemble ? Alors je m'en emparerai le premier. Et quand elle sortira, c'est juré, je lui restituerai sa part. Juste pour la frime. Pour lui montrer aussi ce que signifie ceci : le respect de la parole donnée. Après quoi, comme je l'imagine, la Ritale ne manquera pas de mener la grande vie. Comme elle l'a toujours fait, remarquez ! Et, non contente d'exhiber ses derniers atouts et ses inépuisables ressources, entre deux liftings, la bimbo déchue se vantera sans retenue de son prétendu palmarès. Essayant au passage de l'étoffer davantage. La connaissant, elle claironnera à qui voudra l'entendre que la reine incontestée de l'arnaque au tout début du troisième millénaire, c'était elle. Oubliant au passage *qui* était le véritable maître d'œuvre du réseau. Mais passons... Le pire dans tout ça, c'est que je la crois assez narcissique pour coucher un jour toute cette histoire par écrit. Profitant de l'occasion pour nous infliger ses états d'âmes sans intérêt. Des confidences d'une rare platitude. J'imagine volontiers une sorte de journal intime, insipide et romancé à souhait. Alternant sans vergogne la première et la troisième personne. Le genre de chef d'œuvre nauséabond à souhait, transpirant l'*autobiographite* compulsive.

Voilà pourquoi j'ai décidé de la devancer aussi dans ce projet affligeant. Histoire de lui couper l'herbe sous le pied. Et aussi pour lui rappeler – mais pas seulement à elle – *qui* je suis réellement. Pour faire savoir à la face du peuple tout ce qu'elle me doit. Qui sait, en dépit de mon acte manqué, peut-être qu'un jour la belle toscane – et bien d'autres encore après elle – finiront-ils par reconnaître mon rôle essentiel dans ce qu'ils ont appelé « l'arnaque du siècle » ? Arnaque au cours de laquelle, je dois bien l'avouer, je me suis éclaté plus souvent qu'à mon tour. Sauf à la fin, quand il a fallu la jouer profil bas pour échapper à la volante. Et passer pour quantité négligeable, lui laissant le soin de porter le chapeau, *a corcia* ! Mais elle l'a bien voulu, après tout. Et si la méthode n'était pas très élégante, c'était un juste retour des choses. C'est quand même elle qui a déclenché les hostilités. Après sa disparition surprise, qui m'avait laissé en plan et en délicatesse vis à vis de la justice, je lui devais bien ça. Une petite dégustation de ce plat qui se mange froid. Quand je pense que cette gourde a voulu me doubler... mais pour qui elle m'a pris ? J'avais tellement la haine que j'étais prêt à tout – y compris me mettre ce brave flic dans la poche – pour faire tomber la veuve noire. Je sais, y'a pas non plus de quoi pavoiser : en refusant d'endosser, j'ai bel et bien renoncé à la gloire qui m'était destinée. Sans doute parce que j'avais trop peur de retourner en tôle. La centrale, très peu pour moi : c'est plein de barjots, et j'ai déjà donné ! Même qu'à un moment, j'ai failli débloquer. Parfaitement, débloquer. J'étais tellement déboussolé que je n'ai même pas discerné que l'histoire du Venezuela, c'était du pipeau. Sans doute une fausse piste lancée par la Ritale, et relayée par un toxico même pas crédible, qui mélangeait tout : son pays d'origine, et l'endroit où il aurait vraiment aperçu Antonella. Si tant est que le pauvre bougre ait déjà mis les pieds à Cavallo. Et pourtant j'ai mordu. Le subterfuge était gros, mais j'ai voulu y croire. Comme pour me raccrocher à quelque chose. Sans doute les conditions carcérales avaient émoussé ma lucidité. Et la bougresse en a profité pour graisser la patte à quelques beaux parleurs, afin de m'embrouiller. Ou qui sait, de retourner le couteau dans la plaie, car je l'en crois capable. Sauf que cette fois-ci, c'est à son tour de s'y coller. Et moi, je graisserai bien la patte à une de ses codétenues, juste pour l'embobiner. Lui faire perdre le nord. Elle verra bien ce que c'est...Pour en revenir à ma dérobade, vous n'allez peut-être pas me croire, mais contrairement aux apparences, je ne me suis pas dégonflé. Enfin… Pas uniquement par crainte du châtiment. En fait, je crois plutôt qu'à force de tromper mon monde, j'ai été... Comment dire... Happé. Comme dans une spirale infernale. Oui, j'ai été pris à mon propre jeu, une sorte de jeu de rôle. Qui semblait inoffensif et ludique, mais dont je n'ai pas su sortir indemne. Et je me suis retrouvé coincé. Engoncé dans une confortable médiocrité, celle d'un personnage au-dessus de tout soupçon, j'ai fini par craindre les feux de la rampe. Et c'est pour cette raison, je pense, que je n'ai pas su me rendre célèbre comme je l'aurais dû. Quand les bavards et les journaleux se sont entichés de l'arnaque du siècle, mon génie et mon audace n'ont pas eu la reconnaissance escomptée. Ultime déception, les tribunaux (ces antichambres de la gloire) m'ont superbement ignoré !

Avec le recul, j'ai le sentiment d'avoir été dépossédé d'une partie de moi-même. Dépersonnalisé, peut-être. Bien fait pour ma gueule : à trop vouloir passer entre les mailles du filet, on finit par devenir trop petit... Oh, n'allez surtout pas croire que je m'en sors bien ! Car c'est une chose terrible, que de renoncer à son œuvre. Fourvoyé dans cette indicible duplicité qui est à l'œuvre en moi, et qui me poussa à choisir l'indifférence plutôt que la gloire, je poursuis à présent ma misérable existence de cloporte. Incapable d'assumer ma part de génie, j'ai préféré cette accablante liberté à une gloire éphémère. À présent, je ne vis plus que dans le passé. Victime de ma propre résignation. Car je vous l'ai dit : en renonçant à capter l'admiration des masses ignorantes, j'en ai oublié jusqu'à moi-même. Je parle, je parle encore (je parle comme je bois !) et comme ça fait un moment que vous ne pipez mot, je sais toujours pas si vous attendez poliment la fin de mon monologue, ou bien si vous êtes réellement pendus à mes lèvres. Franchement, j'ai aucune idée de l'effet que ça peut produire, ces confidences un tantinet mélo. Moi en tous cas, ça me fait du bien de parler. D'en parler. De clamer à la face de tous que je n'ai pas toujours été le minable que vous avez devant vous. Et qu'avant cette lamentable dérobade qui me plongea sur ce déclin irrémédiable, j'ai eu une histoire. Et une histoire hors du commun, figurez-vous ! Je vous en toucherais bien deux mots, mais il se peut que mes états d'âme vous incommodent. Et que, sans vraiment m'en rendre compte, je me révèle particulièrement ennuyeux. Et d'abord, vous avez vraiment envie de la connaître, la suite ? Bon, je continue quand même. Mais en abrégeant. Et en vous épargnant ce ton affecté. Si, si, je sais. Je passe le plus clair de mon temps à « faire pleurer Margot ». Au moins, cette expression m'est restée. Mais je ne suis pas sûr que ça vous parle. Dommage : si seulement vous saviez... Cette liberté si chèrement gagnée, je l'exècre à présent. Car elle est devenue mon opprobre. Oui, la façon dont je me suis lâchement défaussé a fini par ruiner mon amour propre. Irrémédiablement ! Au point que j'en suis devenu mon propre ennemi. D'ailleurs, voyez, j'en arrive à parler contre moi-même... Renoncer à la gloire qui me tendait les bras, c'était le prix à payer pour rester un homme libre. Mais libre comment ? Comme ces milliers d'anonymes dont les rues sont fécondes ? Et qui préfèrent s'engourdir dans l'ennuyeux conformisme d'une vie sans histoire ? Eh bien *moi*, René Blanchard, je ne suis pas comme tous ces gens ordinaires. Moi, j'ai mené la grande vie ! Car, je tiens à le répéter, j'ai eu une histoire. Et je n'ai pas toujours été le minable que tout le monde évite, même dans ce bar de quartier où je passe l'essentiel de mes journées. Parce que moi, figurez-vous, avant de claquer mes allocs au *rapido*, j'ai joué dans la cour des grands ! Parfaitement, dans la cour des grands. Et je l'ai fait pour la Cause. Et pas seulement pour le pognon, comme tous ces bons à rien qui n'ont aucune conscience politique.

Vous me regardez sans rien dire, mais vous comprenez au moins ce que je suis en train de vous raconter ? Moi, j'étais pas comme ces malappris qui ne pensent qu'à rouler des mécaniques, mais qui se montrent incapables de conférer un sens à leurs actions. C'est vrai, à présent je ne ressemble plus à rien. Mais avant de finir en loque, et d'attendre qu'une âme charitable me paye une tournée, j'avais un idéal. Un truc balèze, un vrai projet de société. Eh oui, je portais en moi la colère du peuple. J'étais doté d'une indéniable capacité à défaire le monde. Alors quand même, toute cette indifférence après être passé si près du but... Quand je pense que c'est la godiche qui passe pour un petit génie ! Elle qui n'a jamais rien compris aux subtilités du droit fiscal.

Elle qui était tout bonnement incapable d'ériger la duplicité en art de vivre. Un comble ! Faut dire, la Ritale – vous l'avez pas connue ? – elle passait le plus clair de son temps à s'afficher. À se la péter, s'imaginant être parvenue à ses fins. Alors que dans ce business, la règle de base c'est la discrétion. Je vous assure, le meilleur moyen de durer, c'est de savoir en toutes circonstances se faire oublier. Au pire, passer inaperçu. Au mieux, pour un imbécile. Quoi qu'on en dise, c'est encore la meilleure formule pour éviter de susciter des jalousies. Même si compter pour quantité négligeable est parfois dur à porter. Non, mais, regardez-la faire sa star. Quant à moi, qui lui ai tout appris, je n'ai eu qu'un seul tort : celui d'aller jusqu'au bout de mon jeu. De mon double jeu. M'identifiant irrémédiablement à l'innocent de service. Au pauvre bougre à qui on aurait donné le bon dieu sans confession. Mais pas une once de considération...

Pas mauvaise, cette bière. Vous m'en repayez une autre ? Dans le fond, le seul tort que j'ai eu, c'est de passer pour un guignol. Et pourtant, le coup du clonage humain, c'était une idée à qui, hein ? Eh bien je vais vous dire : cette brillante diversion, destinée à détourner l'attention d'un flic un peu trop prégnant, c'était à mettre sur le compte de Bibi. Et c'est toujours pas miss nichons qui l'a trouvée ! Quand même, quand je pense à ce pauvre flic. Je lui en ai fait gober des trucs ! Franchement, faire passer un labo qui trafique des ersatz d'ecstasy pour un temple dédié à la recherche génétique, c'était trop *maccu*, non ? Et là, faut bien dire ce qui est, je l'ai carrément baladé, le bien nommé Lagarce, avec toutes mes fadaises. Tout obnubilé qu'il était par le spectre du clonage humain, il en avait complètement oublié notre intérêt si particulier pour les *rave-party* ! Ça par contre, c'était un business juteux. Tout le fric qu'on se faisait en une seule soirée... Jusqu'au jour où y'en a une qui nous a claqué entre les pognes. Elle était malade, faut dire. Là aussi, il a fallu improviser. Bon, je dois bien le reconnaître, inventer des fausses pistes, ça ne se fait pas comme ça. Et surtout, pas tout seul. C'est un travail d'équipe. Même que sur l'action, je lui dois une fière chandelle, à mon ex-partenaire. C'est vrai, je lui accorde ceci : chaque fois qu'il s'est agi de faire tourner ce pauvre flic en bourrique, on arrêtait de se crêper le chignon. Et la godiche me renvoyait l'ascenseur. Elle a joué le jeu à merveille. Et vous voulez savoir pourquoi ? Allez, je peux bien vous le dire, à présent. Y'a pas encore prescription, mais vous êtes sympas, vous. Vous me laissez pas mourir de soif. En fait c'est tout simple : avec Antonella, on passait notre temps à se tirer la bourre. On se jaugeait, histoire de voir lequel des deux finirait par arnaquer l'autre. Même qu'elle a bien failli me doubler avec son histoire de « disparition tragique ». J'ai bien failli plonger sur ce coup là...

Mais sinon, pour en revenir à notre tête de turc favorite, quand il s'agissait de s'occuper de son cas, on était très complémentaires. S'il y a une chose sur laquelle on s'est toujours montrés solidaires, avec *Antò*, c'est pour mener en bateau notre flicard préféré. Embarqué comme il l'était dans un jeu de piste aux relents ésotériques (et qui l'a mené jusque dans le trou du cul de la Corse !), enferré dans mes raisonnements captieux, le pauvre bougre ne savait plus où donner de tête. D'ailleurs, il gambergeait beaucoup trop pour rester lucide. Intrigué par la prétendue symbolique qui sous-tendait cette série d'événements, obnubilé par le soi-disant machiavélisme de la veuve noire, à la fin, ce pauvre flic était complètement déboussolé. Il en a même sacrifié sa carrière pour sauver un « innocent » comme moi. *U corciu*... Pour un peu, l'intransigeance faite flic se serait apitoyée sur le sort d'un misérable prête-nom, dévoyé dans la pire des culpabilités. Celle des autres, évidemment ! En gobant toutes nos inventions, jusqu'à l'anagramme à la sauce Cannelloni (la trouvaille la plus ridicule, je crois, et pourtant c'est passé comme une lettre à la poste) il démontra à qui pouvait comprendre (à très peu de monde, en fait) que j'avais incontestablement pris l'ascendant sur lui. Oui, un irrésistible ascendant. Mais toujours en lui donnant à penser qu'il se *drivait alone*. Il est là, le truc. Tous les mythos vous le diront : manipuler, mais toujours en faisant croire que c'est l'autre qui mène la barque. Et surtout, sans jamais nier ! Tous les coupables nient. Y'a rien de plus fatiguant, c'est contre-productif. Tandis que *moi*, quand je me suis fait cravater, j'ai tout de suite compris ce qu'il me restait à faire : courber l'échine. Reconnaître une part de responsabilité, mais en prenant soin de la minimiser. N'hésitant pas à me faire passer pour quantité négligeable. Voilà pourquoi j'ai toujours affectionné le rôle de prête-nom : c'est un rôle trop ingrat pour être taxé d'ennemi public numéro un. À partir du moment où tu passes pour le dindon de la farce, au moins tu risques pas d'être pris pour le cerveau de la bande. Avec un peu d'habileté, tu peux même te défausser sur ton partenaire.

Eh oui, qu'est-ce que vous croyez ? Ça a ses avantages, de jouer les nigauds. Même que si on s'y prend bien, ça permet de se mettre les flics dans la poche. Et pourquoi pas, de passer au travers des gouttes. En fait, dans ce genre de job, y'a rien de pire que de jouer les flambards. Mais ça, je vous l'ai déjà dit, je crois. À elle aussi, je l'avais dit et répété. Et elle a pas voulu m'écouter. Regardez où elle en est, à présent. Tout ça à cause de son ego surdimensionné. Et de son manque de jugeote. Faut dire, la Ritale, elle a jamais été très maligne. À elle aussi, qu'est-ce que j'ai pu lui en faire avaler, des couleuvres ! Le coup de la recherche médicale, elle y a cru jusqu'au bout ! Si, si, je vous assure, elle y croyait dur comme fer, à mon concept de « mécénat ». Un bobard de plus, destiné à conférer une façade d'honorabilité à notre super pompe à fric nommée « laboratoire ». Alors elle s'est mise Martel en tête, proposant à une de ses connaissances, une pauvre fille, qui ne respirait pas la santé, de « tester certains traitements expérimentaux ». Pour tester, elle a testé, la gamine. On l'a même emmenée sur une *rave-party*. Remarque, ça lui faisait une sortie. La pauvre, elle était condamnée ! Ça lui changeait un peu des hôpitaux. N'empêche, c'est elle qui s'est monté le bourrichon. Elle a cru ce qui l'arrangeait. De toute façon, la science pouvait rien faire pour elle, alors... Autant la laisser espérer. Comme on dit, les promesses ça ne mange pas de pain.

Quoi, qu'est-ce qu'il y a ? Je vous sens excessivement critique, tout à coup. Parce que vous, vous auriez été capable de lui dire les choses en face ? Hein ? Vous êtes en train d'insinuer que vous auriez eu le cran de lui asséner la sinistre vérité ? Des paroles consolantes du genre : « Mais ma pauvre Stella, mais t'es complètement foutue ! Au point où t'en es, plus personne peut rien faire pour toi, alors... La recherche médicale ? Oublie ça, tu veux. Cette fable, c'est la dernière lubie d'Antonella. Mais notre trip à nous, te trompes pas là-dessus, c'est les psychotropes. » Franchement, vous vous voyez en train de dire des horreurs pareilles ? Eh bien moi non ! À quoi ça sert, de vouloir changer la société, si dans le même temps les gens sont pas capables d'avoir du cœur ? De toute façon, le mal était fait. Cette cruche d'Antonella l'avait tellement baratinée sur notre prétendue recherche médicale, que je ne me sentais pas de briser son rêve. De toute façon, il fallait bien un cobaye pour tester tous nos médocs. Sans quoi, plus d'une *rave-party* aurait viré à l'hécatombe. C'est vrai, vu la flopée de cachetons qu'elle ingurgitait, à la fin, cette pauvre Stella n'était plus tellement réactive. Alors on a forcé la dose, logique. Et puis il y a eu l'accident. Remarquez, ça devait arriver. C'était pas faute d'avoir prévenu. Mais Antonella, je l'avais tellement possédée, elle voulait pas voir les choses en face. Elle continuait d'y croire, aux vertus thérapeutiques des cachetons. Après, il a bien fallu trouver une solution. Alors on a maquillé l'accident en la gavant de morphine (Stella en avait toujours un stock dans son sac à main, autant que ça serve à quelque chose). Mais bon, si on réfléchit bien, cette pauvre gamine, elle a eu une bonne mort. Dans sa situation, une mort festive, au pays des éléphants roses, c'était assez inespéré. C'est plutôt nous qui étions enquiquinés : on se retrouvait avec un cadavre sur les bras, et on voyait pas comment s'en débarrasser. D'ailleurs, on commençait à se bouffer le nez. Même qu'à un moment, ma comparse, me regardant d'un sale œil, m'a lancé : « C'est de ta faute. Je t'avais bien dit de pas charger la mule ».

Eh bien vous savez quoi ? C'est là que j'ai eu le déclic. Une fulgurance, un éclair de génie. Ben ouais, j'avais l'esprit vif à l'époque. Quand elle a dit comme ça « chargé la mule », marrant, j'ai tout de suite pensé au vieux muletier. On s'est invité chez lui. Je me souviens qu'il reluquait *Antò*. Son décolleté, surtout. La garce s'est arrangée pour le faire boire. Je sais plus ce qu'elle lui a versé dans son casa, mais une fois dégrisé, le vieux a eu la fâcheuse surprise de retrouver un cadavre étendu devant sa cheminée. Avec un tisonnier ensanglanté à son chevet. Et là, automatiquement, il a dû gamberger. Surtout en remarquant le pognon étalé sur la table du salon. Ça a dû lui rappeler vaguement le contrat qu'on venait de lui proposer. Il était question d'un gros pactole s'il acceptait de mettre fin aux souffrances d'une mourante. C'était notre conversation pendant l'apéro. À laquelle il avait opposé une fin de non recevoir, mais comme il avait picolé et qu'il se souvenait pas bien, il était en droit d'avoir des doutes. Faut dire, la dope qu'on lui a fait ingurgiter était connue pour provoquer des dysfonctionnements mémoriels. Alors le pauvre bougre, au réveil, il a probablement déraillé. Comme l'argent était bien là, et qu'il était inconcevable qu'on puisse lâcher une somme pareille juste pour berner un pauvre type, le pauvre Battì a dû en déduire qu'il nous avait donné son quitus. Et même, qu'il était passé à l'acte, explosant la tête de la pauvre gamine à grands coups de tisonnier. Alors le vieux muletier s'est empressé de faire disparaître le corps. Le transportant à l'endroit précis indiqué sur l'enveloppe, celle où on avait glissé les biffetons. C'est à dire en plein cœur de la Corse. En cet endroit perdu où seuls les bourricots, et aussi les suidés, peuvent accéder. Dans sa tête, les choses étaient sûrement très claires : puisqu'il avait touché, il ne lui restait plus qu'à exécuter le contrat. C'est la règle, et si on ne veut pas d'ennuis il faut la suivre jusqu'au bout. Et ça a marché. Faut dire, dès le début, j'avais vu à qui j'avais affaire. Ce pauvre *Battì* était un homme de parole...

Ce que j'étais loin de m'imaginer, en revanche, c'est que ma comparse profiterait de l'occasion pour tenter de me doubler. En organisant sa propre disparition. Du coup, ça a sacrément changé la donne. Les pandores ne tarderaient pas à s'intéresser à moi, à s'y intéresser de près. Avec le temps, il s'avèrerait nécessaire de neutraliser ce vieillard au demeurant fort sympathique. Je sais, c'est pas *cool*, mais il fallait bien l'empêcher de baver, et autant que possible avant que l'amnésie ne lui passe. Ça non plus, c'est pas une décision que j'ai prise de gaieté de coeur. Mais elle était rendue nécessaire par la cavale d'Antonella. À ce moment-là, je faisais profil bas pour échapper à la volante, et je ne pouvais absolument pas courir le risque d'être dévoilé. Ma seule défense, c'était de jouer sur ma prétendue candeur.

Hélas, ce vieux roublard de Lagarce n'était pas né de la dernière pluie. Bien des fois, il m'avait mouché. M'envoyant dans les gencives que j'étais peut-être pas si naïf que j'en avais l'air. Et même le vieux *Battì*, il pouvait me balancer. Il m'avait vu à l'œuvre, comment je menais la barque pendant que la godiche à mes côtés jouait les *Anne Pujol*. Assurément, une fois sa mémoire rétablie, le vieux muletier n'aurait pas été dupe des contre-évidences.

Enfin, Messieurs Dames, ne le prenez pas comme ça ! C'est tellement facile, de me regarder en biais, avec un air de reproche. Alors que si ça se trouve, à ma place, vous n'auriez pas fait mieux. Parfaitement ! Et d'abord vous en connaissez, vous, des gens sensés qui n'invoquent pas le sacro-saint principe de précaution ? À l'époque où on vit, vous croyez qu'on peut encore faire confiance aux gens ? Parler avec eux, c'est déjà prendre un risque. Et dans la jungle actuelle, si tu tolères le moindre risque, c'est simple : t'as pas plus d'avenir qu'un violoniste manchot en plein ghetto de Varsovie. Beaucoup de confrères vous le diront : en affaires, laisser vivre un témoin gênant est sans doute la pire des négligences. Alors j'ai bien été obligé de classer l'affaire. Comme je viens de vous le dire, la décision ne fut pas facile à prendre, oh non ! Croyez surtout pas ça. Mais par la suite, le sort m'a donné raison : tout s'est goupillé à merveille. Je dirais même que ça a été d'une simplicité enfantine. Quelques indiscrétions autour d'un verre – en toute innocence – auront suffit à sceller le sort de ce pauvre *Battì*. J'ai toujours été sidéré par l'avidité éhontée qui caractérise généralement les petites frappes. Des bons à rien, d'ailleurs : quand je pense qu'à trois contre un, et encore il s'agissait d'un vieillard, ces nullards ont trouvé le moyen de se faire bigorner ! Heureusement, personne n'aurait imaginé que j'étais de mèche avec ces trois nazes. Eux non plus, d'ailleurs ! Parfaitement, eux non plus n'étaient pas au courant. Et oui, là aussi je l'ai joué fine. Et vous savez comment je m'y suis pris ? Tout simplement en les laissant prendre leurs responsabilités. Agir de leur propre chef. Je leur ai tout au plus laissé filer une petite information, avec un biffeton dans ma poignée de main. Quand même, on bien le droit de se parler, non ? Et d'abord, vu comme son stock de bois s'était bien vendu, n'importe qui aurait pu deviner que le vieux dormait sur un matelas bourré de billets de banque. Sauf que moi, j'ai presque rien dit. Ils se le sont monté tous seuls, le bourrichon. J'en ai juste profité, pourquoi le nier, pour tirer les marrons du feu. Quand je suis arrivé, le mal était fait. Tout ça à cause de la cavale de cette maudite garce. Sans ça, je vous assure que les choses se seraient goupillées autrement. Je l'aimais bien, moi Battì. Mais la ritale a tout fait foirer. C'est comme pour le recrutement de Stella, remarquez. En définitive, j'avais rien demandé. Et d'abord, je vous rappelle que c'est Antonella qui a été la chercher, pas moi. Franchement, vous croyez que j'aurais été assez stupide pour me retrouver avec une moribonde dans les pattes ? Non, cette histoire de sidaïque, faut dire c'qui est, c'était vraiment pas fait pour m'arranger. Ça arrangeait peut-être l'intéressée, à la rigueur. C'est vrai, Stella était grassement payée pour effectuer un boulot on ne peut plus simple. Seulement voilà, notre business était trop exigeant, trop risqué surtout, pour qu'on puisse la conserver dans l'effectif. Et puis Stella, elle était pas conne, non plus ! Elle voyait bien que tous ces produits qu'on lui faisait ingurgiter n'amélioraient pas sa santé. Mais le pire dans tout ça, c'est qu'elle commençait à y prendre goût. À s'accoutumer. Alors que c'était pas forcément bon pour ce qu'elle avait. Et puis, à un moment donné, on s'est retrouvés désemparés. Si on voulait que le produit ait du répondant, il fallait bien forcer les doses. Vous avez déjà essayer de faire avancer une voiture avec de l'eau ? Oh, arrêtez vos simagrées, on n'était pas des monstres non plus. Si vous saviez tout le pactole qu'Antonella a laissé filer aux mioches de cette pauvre Stella... C'était en guise de « dédommagement », qu'elle disait. Remarque, vu son état, je me demande bien ce qu'il y pouvait bien y avoir à dédommager. La moribonde, elle aurait pas passé l'hiver, de toute façon. Mais bon... C'était comme ça. Mon apprentie devait culpabiliser en voyant tout le pognon qu'on se faisait. Alors pour se sentir plus légère, de temps à autre, elle ressentait le besoin de jouer les mères Thérésa. J'ai jamais compris l'intérêt d'une telle sensiblerie. Mine de rien, elle avait un sacré pet au casque, la gamine. Faut dire, quand je l'ai ramassée – Arno venait juste de se faire dessouder – la belle était au trente-sixième dessous. Complètement hors circuit, qu'elle était la ritale. Franchement, elle faisait peine à voir. Personne n'aurait misé un kopeck sur elle.

Et figurez-vous, c'est *moi* qui ai eu l'idée de la relancer. Même qu'au début ça a pas été coton : la godiche savait même pas se servir *Glock*. Ni même d'un scanner, c'est vous dire ! Non mais, regardez-là se pavaner, à présent ! Comme elle y va de toute sa morgue, jouant de son charme pour épater les caméras. Mais elle se croit où ? À la foire de la *sbaccà* ? Remarquez, ça lui va bien ! Son procès est perdu d'avance, alors... Sa minute de célébrité, autant qu'elle en profite. Enfin, ça me *stumague* de voir ça. Vous voulez pas qu'on demande à Dumè de nous remette les courses de chevaux ? Y'avait un truc à Auteuil, aujourd'hui. Vraiment, vous préférez voir les infos ? Bon, le client est roi. Non mais, regardez-moi cette mise en scène. C'est rien que pour la frime ! Pour se montrer. Tandis que *moi*, si seulement j'avais été à sa place... Déjà, j'en aurais profité pour diffuser un communiqué. Tandis que là... C'est simple : y'en a que pour elle ! Eh, vous croyez pas qu'elle aurait pu au moins glisser une ou deux paroles sur la Cause ? Au lieu de ça, Madame fait son intéressante. Elle fait tout pour se faire remarquer. Afin qu'on parle d'elle. Et surtout pas du message. Quand même, y'a pas à dire, c'est bien une ritale ! Comme toute latine qui se respecte, elle ne peut pas s'empêcher de se pavaner. Il faut reconnaître que le côté théâtral, c'est quasiment inné, chez les italiens. Chez les italiennes, surtout. Elles alors, elles ont la classe ! Et quelle classe ! C'est malheureux à dire, mais lorsqu'elles défilent dans les rues de Firenze ou de la grande Cité, à côté d'elles, les touristes franchouillardes avec leurs « *Vuitton* » en véritable peau de saucisson font vraiment figure de *plouques endimanchées*. Quoi, vous n'êtes pas d'accord ? Oh pardon Madame, pour votre sac je pouvais pas savoir : je l'avais pas vu. Remarquez, si on va par là, les françaises, c'est pas pire que les teutonnes, relookées façon guerre du feu. Avec elles, épilation rime avec désolation. Franchement, vous avez déjà vu le résultat d'une épilation « mi-jambe » ? Alors si en plus vous ajoutez les socquettes et les sandales...

Mais vous avez raison, Messieurs Dames, il est déjà tard. Et comme je vois que vous êtes pendus à mes lèvres, j'imagine que vous voulez savoir la suite. Au fait, on s'en reprend un petit ? Bon, où j'en étais, déjà ? Ah oui. Le cas de la bimbo. Avec sa façon de bomber le torse, on dirait pas qu'elle est partie pour en prendre perpète. Regardez-là amadouer les photographes. Comment elle les fixe. Elle, au moins, elle était prête à assumer le prix. Celui de la célébrité. Eh ben si vous voulez tout savoir, c'est *là* où j'ai foiré. Complètement foiré ! Mais essayez de me comprendre : à force de jouer la comédie, de m'immiscer dans la peau d'un sous-fifre effacé et sans envergure, j'ai pas su redevenir moi-même. En tout cas pas à temps. Et j'en ai oublié jusqu'à l'essentiel : revendiquer mon œuvre. Quoi, ça vous intéresse, à présent ? C'est parce que j'ai dit « mon œuvre » que vous ouvrez de grands yeux ? Rassurez-moi, vous n'êtes pas de la Police, quand même ? Allez, un dernier pour la route et je vous raconte tout ça.

25

Avec moi, M'ssieurs Dames, faut jamais se fier aux apparences. J'ai mis un masque depuis l'enfance, mais c'est la mélancolie qui guide mes pas, j'ai le tourment pour confident. Si j'avais trouvé la belle au bois dormant, ma vie aurait été très différente. Mais trop d'années se sont écoulées, c'est une fatalité existentielle, la malédiction de la solitude. Mon mépris pour les médiocres, serviles comme des fourmis au service du grand capital, me rend génial et misantrophe. Un misantrophe maussade et refoulé, accablé d'un terrible sentiment de vide. Ce vide qui nous tue, qui nous contraint à remplir bien haut nos verres. Pour le combler – enfin pour essayer – j'ai entrepris une œuvre colossale. Comme ce colosse aux pieds d'argile, ce système que j'aimerais voir s'effondrer. Mon œuvre... N'écoutez pas les intellos et les bien-pensants, ils vous diront que c'est subversif. « Antisocial », y'en a qui disent. Inutile de discuter avec eux : ils n'y comprennent rien. Mon but, c'était juste de faire un électrochoc. De provoquer une prise de conscience au sein d'un système inique miné par la corruption. Ben quoi, vous avez pas vu comme ils ont corrompus ceux qui nous dirigent ? Alors ne vous y trompez pas : ce que les médias ont qualifié de gigantesque arnaque avait en réalité valeur d'exemple. Un exemple magistral, destiné à illustrer la nécessité d'un changement radical au sein d'une société minée par l'avidité et le capitalisme. Un véritable « big bang financier », que je voulais faire. Pour signifier la nécessité d'un nouveau départ. Ou, au pire, pour tenter de sauver ce qui pouvait l'être au sein de cette société où seul le profit est roi. Une société que j'ai prise en aversion. Pas vous ? Pourtant, elle déploie avidement sa senne sur les minuscules, afin de les rendre captifs d'un système impitoyable. Pendant que les gros arrivent toujours à passer au travers de ses mailles truquées. Et comme si ça ne suffisait pas, l'Etat (ce vieux radin !), passe son temps à dépouiller les gens ordinaires. Tandis qu'à sa tête, les édiles de tous bords, – quelle bande d'hypocrites ! – se repaissent de leur iniquité. Il n'y a guère que les beaux parleurs qui se complaisent dans cette dégradante incurie. Mais il est proche, le jour de leur déchéance. Et vous savez ce qui me permet d'affirmer ça ? C'est bien simple : je les ai tous mouillés. Ouais, jusqu'au cou ! Et vous voulez savoir comment ? En initiant ces compromissions en cascade. De toute façon, je savais que j'allais plonger alors... Foutu pour foutu. Oh, j'ai pas cherché à pousser des pourris au suicide. C'est quand même pas de ma faute s'ils avaient quelque chose à se reprocher. Moi, je voulais juste illustrer la laideur que m'inspire cette société pourrie jusqu'à la moelle, et dont les deux mamelles sont le droit (synonyme de pouvoir), et la paperasse (de laquelle découle le pouvoir). Eh oui, Madame. Les étreindre les deux ensemble revient à tout contrôler. Eh bien c'est exactement ce que j'ai fait. Avec ma stratégie à moi, vu que j'étais pas de leur monde et que j'avais aucun bagage. Il a fallu ruser, et c'est d'ailleurs la seule chose qu'on peut me reprocher. Avoir voulu faire comme les autres. Travailler avec des grosses sommes. Sauf que moi, je viens de la rue. Alors si j'avais eu le malheur de trop la ramener, oh non, ça ne m'aurait pas été pardonné. C'est vrai qu'avec Antonella, pendant un temps on s'est gavés. Sauf que nous, on a su le faire dignement. Et d'une, c'était pour la Cause. Et de deux, on s'est toujours efforcé de sauver les apparences. Parce que dans ces cas-là, faut pas plastronner, non plus. Eh oui, il est là le truc : garder en toutes circonstances une allure quelconque. Pas une façade d'honorabilité, comme font ces notables replets, sans même se rendre compte que l'image qu'ils renvoient transpire la suffisance. Mais pas non plus un aspect débraillé, si j'avais les belins, croyez-moi ça fait un bail que j'aurais remplacé ce tas de fripes que j'ai sur le dos. Moi qui avais l'habitude de porter un smalto. Pas comme les pontes de la Françafrique, ces m'as-tu vu trahissant leur ignorance crasse. Puisque l'élégance est une qualité intérieure, le raffinement n'exclut pas la discrétion. Tiens, vous avez déjà vu un magistrat faisant ses courses dans une grande surface ? Vous me direz, autant le mec il a une bonne. Mais peut-être que de temps en temps, il pousse son caddie comme tout le monde, et que personne s'en rend compte. Le mec, il passe incognito. La mémé qui attend à la caisse ne peut pas deviner que c'est lui qui a coffré son gendre. Sinon, allez savoir. Peut-être qu'elle lui enverrait son caddie dans les guibolles. Ou au contraire, qu'elle viendrait le voir pour lui offrir des chocolats. Il est bien là, le problème : on peut jamais présumer de la réaction des gens. Alors dans le doute, vaut mieux rester transparent. Et moi, en compromettant tout ce beau monde, j'ai œuvré plus pour la transparence qu'aucun magistrat ne l'avait fait jusqu'à présent !

Eh oui, Madame, qu'est-ce que vous croyez ? Moi, j'ai devancé les scribes et des pharisiens sur leur terrain de prédilection. N'empêche, ils m'ont tous pris pour un nain parce que je venais de la Grande Plouquerie ! Sauf que je me suis jamais laissé impressionner. J'ai observé leurs petites manies, et avec le temps, je les ai perfectionnées. Poussant la transparence jusqu'à son paroxysme. Tout en établissant le règne des contres-évidences. Et c'est comme ça que les juges, les notables, les capitaines d'industrie, les banquiers, les membres cooptés des cercles d'influence, les dévots de la vieille radasse, si vous saviez le pognon qu'ils ont, bref, les pourris en tous genre, je les ai attirés. Et je les ai compromis pour de bon. Ouais, dans la mélasse, que je les ai englués. Parfaitement, tous ceux qui avaient un penchant pour le bien mal acquis, ceux-là ils m'ont suivi ! Et à présent je n'attends plus qu'une chose : c'est qu'avec le démantèlement du réseau, et la crise qui bat son plein, il y ait un paquet de gros bonnets qui tombent. Juste pour l'exemple. Non mais... Et vous pouvez me croire : va y avoir encore du grabuge. Ça aussi, c'est écrit d'avance. Vu l'ampleur de la tempête médiatique et judiciaire qui se déchaîne à présent, j'en mets ma main à couper : tous nos anciens clients, ils vont plonger. Même les politicards ! Surtout eux, d'ailleurs : les beaufs de base, qui se font tondre la laine sur le dos, les pigeons, qu'est-ce que vous croyez, ils en ont marre de cette clique d'intouchables ! Pris dans la tourmente, vous verrez qu'ils tomberont tous, les uns après les autres. Et la lâcheté des plus timorés fera le reste. Entraînant dans leur chute tous ceux qui avaient eu le bon sens de rester en retrait, bien que salement compromis. Vous pouvez me croire : avec tout le beau monde qui a trempé là-dedans, le spectacle est loin d'être terminé. Personne ne manquera à l'appel ! Enfin si. Celui qui aurait du jouer le premier rôle. L'acteur principal, devenu simple spectateur. Je sais, il n'y a rien de plus minable que de suivre le spectacle à la télé alors qu'on aurait pu crever l'écran. Mais Guignol connaît pas de sots métiers. En choisissant de rester dans l'ombre, je vais les voir se bouffer le nez. Au moins, j'aurais pas tout raté. Ou peut-être que si...

En renonçant à publier ce communiqué, ce message de revendication qui m'aurait livré en pâture à la justice (et pire encore, à l'opinion bien-pensante), j'ai sans doute desservi la Cause. Trahi les valeurs que je prétendais incarner. Cette Cause méjugée m'aurait pourtant rendu célèbre. Seulement voilà, je n'ai pas été à la hauteur. Et vous savez pourquoi ? Je sais, le bar va fermer et je vous l'ai peut-être déjà dit. Mais que voulez-vous, la vérité est là, devant vos yeux. Tenace. Lancinante. Voyez, elle me tiraille constamment. Alors pour la dernière fois, écoutez-moi un peu. Je vais vous faire une confidence. Vous dire ce qui s'est réellement produit. Voilà : du tréfonds de ma schizophrénie, j'ai laissé cette quiche de Blanchard se rendre maître de moi. De mon Destin, surtout. Et l'autre imbécile, croyant bien faire, a savamment manœuvré pour m'éviter la tôle. Me privant de tout ce qui faisait ma singularité. Lorsque l'heure cruciale a enfin sonné, le fantasque à l'œuvre en moi s'est mis à regimber. Tout flatté qu'il était de jouer dans la cour des grands, le comédien n'a pas été disposé à jeter le masque. Au contraire, grisé par son rôle, il a cherché à se fuir. Coupable de trop s'identifier au personnage. Celui qui frayait, mais uniquement à dessein, avec les puissants. S'il a tellement voulu jouer les prolongations dans ce jeu couru d'avance où il n'avait pourtant pas sa place, c'est bien que quelque part, il y trouvait son compte. Le renégat à l'œuvre au-dedans de moi a agi par intérêt personnel, et c'est d'ailleurs pour ça que je me suis empressé de dilapider son pognon. Il est venu de là, le problème : ce traître de Blanchard a voulu croquer ! Sauf que maintenant, à force de se dédire, c'est plus qu'une loque que vous avez en face de vous. Un cafard, incapable de se regarder en face. Pourtant, vous me croirez si vous voudrez, l'espace d'un instant, le sort de la société moderne, qui m'inspire tant de dégoût, était entre ces mains que vous voyez. Sans forfanterie, si je l'avais vraiment voulu, j'aurais pu influer d'une manière irrémédiable sur le cours des choses. Incitant la banlieue à descendre dans la ville. J'avais les mots pour ça. Et aussi la crédibilité, puisque je m'étais préparé à en payer le prix.

Seulement voilà, au moment de me livrer, il a fallu que je gamberge. Et finalement à force de trop penser, j'ai pas eu le cran de finir le boulot. Voilà. Vous savez tout. À cause de mon coupable renoncement, la tempête sociale tant espérée n'éclatera pas, et la société, guidée par l'appât du gain, continuera de changer en moche. Et le clown que je suis devenu n'échappera pas. Trop facilement vaincu par ces faiblesses qui me collent à la peau : la crainte du qu'en dira-t-on, l'attrait de l'argent facile et le mercantilisme à tout crin. Imitant ces répugnants parasites qui passent leur temps à sucer le sang de leurs proies, je me suis laissé entraîner à leur suite. Par mimétisme, je me suis vautré avec mes congénères. Imperceptiblement. Sans même réaliser qu'à la fin, je donnerais mon âme à Sagouin. Renonçant définitivement à cette grandeur inestimable : se sacrifier pour changer le monde.

Bon, l'heure tourne et le tôlier commence à montrer des signes d'impatience. Vous aussi, d'ailleurs. Non, non, ne dîtes rien. Je vois bien que ces révélations vous sont lourdes à porter. Et vous savez quoi ? De vous voir vos mines contrariées, ça me fait plaisir. Parce qu'au moins, ça prouve que vous me croyez. En tout cas, vous m'écoutez jusqu'au bout. Allez, puisque vous êtes sympas, vous voulez pas m'offrir une dernière tournée ? Comme ça, je vous raconte la fin. Parce que vous n'avez pas encore tout entendu. Oh Dumè ! Tu nous remets la même chose ? T'inquiètes, on va pas y passer la nuit. Par contre, tu mets ça sur leur compte, hein ? Moi, ça fait longtemps que j'ai plus les pions. Alors en fin de compte, faut quand même que je vous le dise, ça s'est porté sur ma santé. Bon, c'est vrai, j'avais plusieurs années de sommeil en retard. Mais vous savez ce qui m'a achevé ? Le manque de sens. Eh oui, après avoir accompli tout ce dur travail, préalable au grand nettoyage, j'ai renoncé à lui donner un sens. Tout ça parce que j'ai eu la trouille de retourner au gnouf. Et qu'au moment de me dévoiler, la chose au-dedans de moi a continué d'onduler. De se faufiler. Avec une adresse sans pareille, elle a même réussi à s'extirper des mailles du filet. Juste pour la frime. Parce qu'en fin de compte, à quoi ça m'a servi ? À profiter d'un pognon gagné sur le dos des gogos et des tordus en tout genre ? Pensez donc, j'ai tout claqué en moins de deux. Je l'avoue, je l'ai jamais aimé, ce pognon. Alors je m'en suis débarrassé. Alors c'est vrai, j'ai été assez malin pour échapper aux mailles du filet. Sauf qu'au final, je me suis retrouvé sur la berge. Haletant. Pantelant. Suffocant comme un gardon pas frais. D'ailleurs, je vais vous faire une confidence : je vais peut-être pas tarder à crever. Je vous l'ai peut-être pas encore dit, mais j'en ai plus derrière que devant. Saleté de crabe... Et vu le peu de temps qu'il me reste, je l'utilise à bon escient. Nourrissant le mal qui me ronge avec son lot de regrets, des regrets bien légitimes. Oh, j'ai parfaitement conscience de mon erreur. Je sais très bien que j'ai raté une occasion qui ne se représentera jamais plus. Celle consistant à payer de sa vie pour un seul acte de bravoure. Et la gloire qui m'était destinée, c'est elle qui la reçoit, à présent. Non mais, regardez-là se pavaner ! Quand je pense que cette cruche me vole la vedette...

Mais il se fait tard, Messieurs Dames. Et à une heure pareille, peu importe l'ombre ou la lumière, l'alcool ou l'abstinence : tout le monde est gris. Moi plus que vous, d'ailleurs. En renonçant à publier ce communiqué de presse qui m'aurait propulsé sous les feux de la rampe, et relégué au mitard, je me suis condamné à l'oubli. Quant à elle, l'instigatrice autoproclamée de cette crise qui ne va pas tarder à déferler, offrant à la face du monde la désolation tant attendue, elle n'est rien. Rien d'autre qu'une potiche. Une potiche qui bombe le torse, mais soyez pas dupes de ses manières. Telle que je la connais, la dinde, elle saura pas tenir sa langue. Automatiquement, elle finira par se dévoiler. Quand ils réaliseront à quel point elle peut être nunuche, les gens comprendront qu'elle n'avait pas l'envergure qu'on lui prêtait. Mais qu'il y avait forcément quelqu'un d'autre, un esprit autrement plus malin, à l'origine de ce big-bang judiciaire et financier. Et tous ceux qui l'ont crue tomberont de haut. Tout ça, je le verrai peut-être pas. Parce que je vous l'ai dit, j'en ai plus derrière que devant. Mais vous, vous qui avez encore un avenir dans ce monde qui en est privé, eh bien vous verrez qu'au final, elle s'en sortira pas grandie, oh non ! Mais qu'au contraire, tout le monde la prendra pour la parfaite godiche, ainsi qu'elle l'est réellement. Et dans le cours de bien des années, quand finalement elle sortira, qui se souviendra encore d'Antonella ?

www.editionsducursinu.fr

Maquette & illustration : www.blissdiffusion.com

Cet ouvrage a été achevé d'imprimer
par Pulsio.net en mars 2024
Imprimé en Communauté Européenne

Dépôt légal 1er trimestre 2024
ISBN : 979-10-90869-51-6